魔王様に溺愛されていますが、私の正体はあなたの天敵【聖女】です！

JN188271

星見うさぎ

illustration あのねノネ

ICHIJINSHA IRIS NEO

CONTENTS

この作品はフィクションです。
実際の人物・団体・事件などには関係ありません。

魔王様に溺愛されていますが、私の正体はあなたの天敵【聖女】です！

プロローグ

大聖堂に穏やかな陽の光が差し込んでいる。

これからここで、ついにセリーヌの運命を変える儀式が行われるのだ。

彼女は今、真っ白いベールをかぶり、震えてしまわないように気を引き締めて立っていた。

繊細な刺繍《ししゅう》が施されたドレスも白。ベールの下に隠されて今はあまり見えないけれど、ブルーグリーンの髪の毛にも純白の真珠がいくつもつけられていて、今のセリーヌは全身に白を纏《まと》っている。

手に持つ花束までもが、その全身に溶け込むような白い花を集めたものだった。

「それでは陛下。結びの儀式をお願いいたします」

目の前に立つ、真っ黒なローブを着た男性がセリーヌの隣を見て告げた。

その声に応えるようにベールが捲《まく》られ、隣に立つ魔王陛下がセリーヌの真っ白な喉元から顎にかけて手を伸ばす。

白銀の髪がサラリと揺れ、透き通るようなブルーグレーの瞳がセリーヌの金色の瞳を射抜くように見つめる。

（——ついに、この時がきたのね）

思えばここまであっという間だった。

セリーヌはほんの少し前まで、自分がこんな運命を辿《たど》ることになるなんて、想像もしていなかった。

静かに目を閉じる。

命をかける覚悟はもうとっくにできている。

心臓はこれ以上ないほどに強く震えているけれど、不思議と頭の中は落ち着いていた。

セリーヌは今日、この儀式を終えれば、魔王ルシアンの――。

第一章◆私はあなたの天敵です

「……泣いているのか」

「っ！」

魔王に低く冷たい声をかけられて、セリーヌはびくりと肩を揺らした。

慌てて頬に手を伸ばすと確かに涙で濡《ぬ》れていた。

無意識だった。聞かれるまで、自分でも泣いていることに気がついていなかった。

（泣いてしまうなんて……ここに来るまでに、とっくに覚悟を決めたはずなのに……！）

気づかれないよう、震える息を小さく吐き出す。

「申し訳、ありません」

「君の、人間の心を思えば当然なのだろう。……だがもう引き返すことはできない」

「……っ、はい」

その通りだった。もう引き返すことはできない。

セリーヌは今日、この魔王ルシアンの……生贄になるのだ。

（……本当は、生贄《いけにえ》に選ばれたのは元々私ではなかったけれど）

今更そんなことを考えても仕方がないことは分かっている。分かっているが、思ってしまう。

自分はどこで間違えたのだろうか。

間違えなければ、今こんなところにいることもなかったのだろうか。

首元から顎にかけて伸ばされていたルシアンの手が少しずれ、長い指がセリーヌの頬に流れた涙を拭った。

冷えた瞳に似つかわしくない仕草と予想外の接触に、セリーヌは思わず息をのんだ。

ここはセリーヌがこれまで生きてきた人の世界からは遠く離れた魔界、魔族がすむ場所。その中心部に建つ大聖堂だった。

（魔界で大聖堂、なんてよく考えたらおかしいわよね。聖なるものは魔族と相容れないものなのにとはいえ人であるセリーヌにも分かりやすいように大聖堂と言っただけで、本当の名前は違うのかもしれない。

今行われているのはセリーヌを迎えるための儀式である。

すぐに命を捧《ささ》げて終わりかと思っていたが、生贄を迎えるにも色々な手順を踏む必要があるらしい。

今日、全身を真っ白な衣装に包んだセリーヌとルシアンが【結びの儀式】というものを行い、魔王であるルシアンの魔力を生贄であるセリーヌの体に馴染《なじ》ませる。

完全に馴染みきったところでやっとセリーヌはルシアンのものになるのだという。

その時こそが、自分の命が散る時だ。

……ところで、緊張とは別に、セリーヌには困惑していることがあった。

魔力を馴染ませる方法が、何度聞いても人で言うところの――口づけなのである。

（真っ白なドレスでベールをかぶって、祭壇の前で口づけ……まるで結婚式のようだわ）

あまりにも皮肉で笑いが込み上げてしまいそうだった。

本当ならば今頃セリーヌは、生贄などではなく幸せな花嫁になっているはずだったのだから。

そんな心のうちなど知りもせず、儀式は進んでいく。ルシアンの顔がゆっくりと近づいてくる。

そのブルーグレーの瞳があまりに厳しく冷たくて、必死に心を無にして目を閉じた。

ルシアンの顔がほんの少し傾き、ふわりと甘い香りが鼻先を掠《かす》める。

次の瞬間、柔らかいものが唇に触れた。

「――っ」

（私の、初めての、口づけ……）

セリーヌは慎ましく恥ずかしがり屋で、長く婚約者であり恋人だった人とも口づけを交わしたことはなかったのだ。

頭の中はパニック寸前で、それでもなんとか冷静でいようと、心の中で数を数える。

いち、に、さん――。

（思っていたより、長い……！）

触れるだけの口づけ。しかしなかなかルシアンは離れていかない。こちらから離れるわけにもいかず、されるがまま受け入れているしかない。

し、ご、ろく――。

（あ、あれ？）

こっそり、薄く目を開けてみる。

ルシアンの閉じた瞼《まぶた》が目に入った。髪と同じ白銀のまつ毛が長い。

戸惑うセリーヌをよそに、ほんの少し口づけの角度が変わる。

しち、はち、きゅう――。

（……どうして？）

――じゅう。

やっとルシアンの唇がゆっくり離れていく。呆然《ぼうぜん》とするセリーヌに向かって、彼は甘く微笑《ほほえ》んだ。

（……微笑んだ？　生贄の私に向かってなぜ？）

けれど今はそれどころではない。

（どうして魔王様は、口づけをしても死なないの？）

てっきりこの口づけでルシアンはすぐに命を落とすのだと思っていた。そしてそのことに怒った他の魔族たちに自分はそのまま殺されるのだろうと、そんな自分の未来を思い描いては震えて、それでもなんとか覚悟を決めたのに。

ルシアンは生きている。おまけにいたって元気そうだ。

（おかしい。そんなはずないのに。だって……）

ルシアンは、セリーヌとの口づけで絶命する……はずだったのだ。

（だって、私の正体は魔王様《あなた》の天敵、『聖女』なのに――！）

予想と違う現実にキャパオーバーを起こしたセリーヌは、とうとうそのまま気絶した。

◆◇◆◇

目が覚めると、温かな寝台の中にいた。

儀式でルシアンと口づけした後の記憶がない。どうやらセリーヌはそのまま気絶して、ここに運び込まれたらしい。

ぼうっと天井を見つめながら考える。

（私、まだ生きているわ……）

あの大聖堂が自分の最期の場所になるのだと思っていた。こうして眠ることももう二度とないのだと、そう思っていたのに。

しかし、セリーヌはまだ生きている。

……そして、魔王ルシアンも死ななかった。

（一体どうして魔王様は死ななかったの？　……口づけを交わしたのに）

聖女であるセリーヌとの口づけは、魔王ルシアンにとって猛毒となるはずだったのだ。

（まさか、軽い口づけだったから？）

経験のないセリーヌでも、口づけにもっと深いものがあることくらいは知っている。

そこまで考えて、顔が熱くなるのを感じた。

（そうよ、私、初めて口づけを交わしたんだわ）

あの時は死が目の前に迫っていると思っていたこともあり、口づけそのものについて考える余裕もなかった。あったのは、これから魔王ルシアンが死ぬことと、自分の命もすぐに奪われるだろう、ということに対する緊張だけ。

しかしこうして生きながらえた今、セリーヌは込み上げる恥ずかしさに身もだえた。

そっと唇に指を伸ばしてみる。

あれだけ他のことで頭がいっぱいだったのに、改めて思い出してみると、初めての感触が鮮明に蘇《よみがえ》ってくる。

（少し熱くて……思ったよりも、柔らかかったわ……って、私ったら何を考えているのかしら）

そんな場合ではないというのに。もう来ることはないと思っていた穏やかな時間にどこか夢見心地で、余計なことばかり考えてしまう。自分の死について考えることは恐怖でしかないため、本能的に現実逃避をしているのかもしれない。

「セリーヌは目を覚ましたのか？」

ふいに部屋の外から漏れ聞こえた声に、ハッと緊張が走る。聞こえてきたのは魔王ルシアンの声だった。

「いいえ、まだ眠っておられます」

「そうか」

途端に頭が真っ白になっていく。儀式の最中のルシアンの視線と言葉が思い出されて、体が凍りついてしまいそうだ。

それに儀式の口づけで全てが終わると思っていたため、これからどうすればいいのか、何が起こるのかが全く分からないことも不安を大きくしていた。

（そもそも儀式自体はあれで終わりだったの？　もしそうなら、私の体は魔王様の魔力を馴染ませている最中ということよね？　つまり今ってどういう状態なの？）

考えても答えは出ない。

混乱している間に、部屋の扉が静かに開き、コツコツと静かな音を立ててルシアンが近づいてくる。

（ど、どうしよう）

部屋は薄暗いが、近づけば顔が見える。セリーヌは咄嗟《とっさ》に固く目を閉じた。

微《かす》かに甘い匂いが漂う。これは儀式の際にも感じたもの、恐らくルシアンの匂いだ。ギシリと音がして、ベッドの端が少し沈んだ。ルシアンがすぐ側《そば》に手をついたらしい。

何をされるのか。自分はどうすればいいのか。

（まさか、突然食べられるなんてことはないわよね？）

当然歯をたてられ、痛みに襲われる想像をして、どくりと心臓が冷える。不安に押しつぶされそうになった瞬間、ルシアンが深く息をついた。

「……よかった、顔色は悪くないようだ」

（……え？）

思いのほか優しい声と言葉にこっそりと薄目を開けると、言葉以上に柔らかい表情のルシアンがこちらを見つめていた。

まるで本当にセリーヌの身に何もなくて安堵《あんど》しているかのように見える。

(……ええ？)

「……明日、また来る」

ルシアンは囁《ささや》くようにそう呟《つぶや》くと、セリーヌの額にキスを落とし、すぐに部屋を出て行った。

残されたセリーヌはパタンと閉じられた扉を呆然と見つめる。

「今の、なんだったの……」

唇の触れた額が、ものすごく熱い。

(魔王様の、声とか表情とか、儀式の時とはまるで違って……本当に私を心配してくださっているように見えたわ)

違う。そんなわけがない。

セリーヌは生贄なのだから、優しくされる理由がない。

「……ひょっとして、優しくすることで食べる時に美味《おい》しさとかが変わってくるのかしら……」

不安や恐怖で緊張すると、体が強張《こわば》る。そうなると味が落ちるのかもしれない。

だって、そうでもなければおかしい。

そういえば、昔読んだ本に魔族は人間の絶望を好むという記述があったような気がする。つまり、一度安心させて突き落とすことで、より大きな絶望を味わわせようとしている可能性もある……？

(少し冷静にならなくちゃ)

セリーヌはそう自分に言い聞かせ、ここに来ることになった経緯を思い出していた。

◆◇◆◇

――セリーヌが生まれ育った国、ルグドゥナ王国には「聖女の伝説」と「魔王に貢ぎ物を捧げる習慣」がある。

人間は、魔族に対抗する術《すべ》を持たない。魔法は使えるものの、人間の中でも特別に魔力の多い者であっても魔族の足元にも及ばないし、普通の剣ではどれほど腕が良くても彼らに傷一つつけることはできない。魔族に攻撃を通すには特別な力が必要なのだ。

ただの人間が決して敵《かな》わない存在、それが魔族だった。

そんな魔族に人間界を不可侵領域としてもらうため、毎年貢ぎ物として牛や豚などの家畜、野菜や稲などの農作物、もしくは魔法石や宝石など、種類を問わず魔王に捧げることになっていた。

ルグドゥナの王宮のすぐ側に併設されている大神殿に、大きな水晶がある。年に一度、その水晶を媒体にして、ゲートと言われる人間界と魔界を繋《つな》ぐ道のようなものを作り出す。水晶は王族と大神官が管理していて、王家お抱えの上級魔法士が魔法でゲートを通して貢ぎ物を送るのだ。

この国……この世界は、そうして平和を保ってきた。

そしてもう一つ、「聖女の伝説」。

いつか現れる聖女だけが、魔族に――ひいては魔王に対抗する力を持つという、今ではおとぎ話のようになっている言い伝えである。

神殿に奉納されている聖書、街中に溢《あふ》れる物語、小さな子供が親に読んでもらう絵本。あらゆるところに聖女の伝説は記されている。

その書かれ方は様々だが、内容は大体同じだった。

『聖女は、その身を賭して悪を滅する』

聖女の血肉や体液が悪を浄化し、滅ぼすとされているのだ。

渇いた吸血鬼に、か弱き乙女《おとめ》のふりをして血を吸わせることで。

人のふりをして紛れた悪魔に、愛を捧げる花嫁の顔をして口づけをすることで。

――魔王に、無抵抗な生贄として、その血肉を食べられることで。

そうして聖女は悪を滅するとされている。

(だからこそ口づけで全ては終わると思っていたのだけど。やっぱり私のようななりたての聖女の軽い口づけ程度では、魔王様を殺すにはダメだということ……？)

……今年、水晶に向かって魔王から人間へ要求が与えられた。これは、少なくとも記録が残っている範囲では初めてのことだった。

曰《いわ》く、『今年の貢ぎ物には、とびきり美しく生命力の強い花を所望する』と。

――この国において、花とは女性のことを表す言葉でもあった。つまり、美しく若い乙女を生贄に捧げよということである。

もちろん上級魔法士からそのことを聞かされた神殿や王宮は大騒ぎになった。

国の重鎮たちによる長い議論の末、捧げられる乙女は十五歳以上で婚約者を持たない者とされた。その上で一定以上の美しさを持つ者であること、なおかつ生贄としての責務を確実に果たせる者であることという条件で絞り、貴族令嬢から選ぶと決められた。

平民では国を背負う責任を負いきれず、逃げ出してしまう危険がある上に、王家や神殿への反発に繋がりかねないと懸念されての決定だった。

そうなると今度は当然、国中の貴族たちが大騒ぎになった。

乙女を選ぶまでの数ヶ月という期間の中で、婚約者を持たない令嬢がいる家は急いで婚約者を決めた。とりあえず生贄の乙女が選ばれるまでの間だけでもと、秘密裏に契約婚約が交わされることも横行した。

しかし、中には婚約者がなかなか決まらない者も出てくる。

莫大《ばくだい》な借金など家に大きな問題がある者や、契約で婚約するにもうま味のある条件を提示できない家の者、令嬢自体の問題行動などにより、そもそも忌避されている者などがその最たる例だった。

（私は、そのどれにも当てはまらなかった。そもそも焦ることもなかった。だって、結婚を間近に控えた婚約者がいたんだもの――）

実のところセリーヌは、その頃にはまだ自身が聖女であることも知らなかった。

この生贄騒動は彼女にとって、ある意味完全に他人事《ひとごと》だったのだ。

最近は死が迫る緊張感でそこまで深く考えることもなくなっていたが、やはり思い出すと今でも胸が苦しくなる。

あれは、生贄の乙女がついに決まる、その直前のこと。

生贄について魔王から要求が与えられた少し後の昼下がりのことだった。


「どうしよう、このままじゃ私が生贄だわっ！　どうして私なの？　クラウドっ」

物陰に身を隠したセリーヌの視線の先で、男女二人が見つめ合っている。

「エリザ、大丈夫、大丈夫だから」

「クラウド！　私、怖い……！」

「エリザ」

淡いミルクティー色の髪を振り乱して、声を裏返したエリザがクラウドの胸に縋《すが》りつく。

セリーヌはそれを呆然と見つめていた。自分は一体、何を見せられているのか。

エリザとクラウドの二人は、どう見ても節度を持った男女の距離を越えている。その意味が分からないわけではないが、だからこそ余計にセリーヌはその光景が信じられずに動揺していた。

なぜなら、取り乱すエリザを抱きしめているクラウドは、ほかでもないセリーヌの婚約者なのだ。

セリーヌはこの日、たまたまクラウドの屋敷の近くを通ったので、少しでも会いたいと思い急遽《きゅうきょ》立ち寄ることにした。

先触れを出す余裕はなかったものの、セリーヌとクラウドはこうして何かのついでにお互いに会いに行くことがあった。本人がいなければそれでいい。門番に聞き、会うのが難しそうならばそのまま帰る。そういうことができるほどに二人の仲は良好で、かつ使用人たちともすっかり打ち解けた関係だったのだ。

しかし馬車を降りたところで、何やらただ事ではない会話が聞こえ、つい身を隠して二人の様子を覗《のぞ》き見てしまった。

クラウドに縋りついているエリザは彼の幼馴染《おさななじみ》で、これまでもエリザがクラウドに親密そうに声をかけることはあった。それを不安に思ったことがなかったわけではないものの、彼の方はいつもあまり歓迎している様子はなく、『彼女は面倒な幼馴染で、自分も困っている』と言っていた。

この時まで、セリーヌは疑うことなくその言葉を信じていた。クラウドはいつだって優しくて誠実な人だったから。

それなのに、目の前の光景は一体なんなのだろうか？

「クラウド！ 私を婚約者にしてくれるんでしょう⁉ このままじゃ私、本当に生贄に選ばれてしまうわ！ 一時的に他の誰かと婚約を結ぼうにも、もう今から探しては間に合わない！」

「馬鹿なことを言わないでくれ。仮にとはいえ、他の誰かと婚約するなんて」

少しだけ言葉に詰まったクラウドは、次の瞬間にはエリザの体をかき抱く。

そして絞り出すような切なげな声で呟いた。

「あと少し、あと少しだけ待ってくれ」

――君を必ず、婚約者に迎えるから。

クラウドはそんな決定的なことは言わなかった。しかし、セリーヌにはその言葉が聞こえた気がした。

「クラウド、私あなたを信じるわ。信じて待ってる。だからお願い、今ここで私に口づけて！」

「……エリザ、それはできない。俺は愛する人に対して不誠実な真似《まね》はしたくないんだ」

「ああっ……でも、それでこそ私の愛するクラウドだわ。それじゃあ、私を婚約者に迎えてくれた後は、きっとうんと可愛《かわい》がってね？」

それ以上はとても見ていられなくて、急いでその場を離れる。

……クラウドは、本当に優しく誠実な人だった。

セリーヌとはただ婚約を結んだ関係ではなく、想《おも》いを通わせ合った恋人同士だった。それでも今まで唇への口づけを交わしたことはない。

セリーヌはそのことを、自分を心底大事に思ってくれているからだと思っていたのだ。

だけどそれも、むなしい勘違いだったらしい。

真に愛するのはエリザだから、口づけなどできなかっただけだったのだ。

そして今はまだセリーヌの婚約者という立場であるから、エリザを一時的にでも日陰者にしないために彼女への口づけを我慢している。

（クラウド様のあんな顔、初めて見たわ……）

セリーヌの前で、クラウドはいつも優しく紳士だった。エリザに対するどこか乱暴にも思えるその態度こそが、気を許した彼の本当の姿だったのかもしれない。

自分を愛してくれていると思っていた婚約者が、本当に愛する人の前では全く違う顔をしていることを知ってしまった。

胸の奥がズキズキと痛み、今にも倒れてしまいそうなほど眩暈《めまい》がする。

それでも、やっぱり信じられなくて、信じたくなくて。最後の望みをかけて、何かどうしようもない理由があるのかもしれないと思い少しだけ調べてみた。けれど結局分かったのは、クラウドがエリザと他の男が婚約することをこっそりと阻止していたことだけだった。

（本当に、たとえ一時的にでも愛する人が他の男と婚約するなど許せなかったのね……）

そして、セリーヌは全てを諦めた。

セリーヌは幼い頃に実の両親を事故で亡くしている。

その後、一人娘だったセリーヌが次期当主となるはずだったが、まだ幼かったため叔父家族とともに暮らすことになり、叔父が当主代理となったという経緯があった。

叔父夫婦にはセリーヌより一つ年上の息子と、同い年の娘がいる。

クラウドとセリーヌの婚約は、両親が生きていた頃に結ばれたものだった。

始まりはクラウドの家、バレンス侯爵家の領地がある年災害に見舞われ、その復興のために深刻な資金難に陥ったこと。

貴族学校時代に親交があったセリーヌの父がバレンス侯爵を助けたことで、感激した侯爵が将来自分の息子であるクラウドと、アレスター伯爵の娘、セリーヌの結婚を望んだのである。

そんな成り行きで結ばれた婚約だが二人は相性がよく、すぐに親しくなっていった。

アレスター伯爵夫妻が不運な事故で亡くなった後もクラウドはセリーヌの悲しみに寄り添い支え、自然な流れでいつしか二人は恋人同士になった。

叔父家族にあまり馴染めず、孤独を味わうセリーヌを支えたのもクラウドの存在だった。

両親が生きていた時に比べ会える時間は減ってしまったものの、二人はともに過ごせるわずかな時間で愛を、絆《きずな》を育んできた。

そう、セリーヌは思っていた。

いつ、どこから間違っていたのだろうか。もしかすると、最初から想い合っていると思っていたのはセリーヌの勘違いだったのかもしれない。

いくら考えても、いつからクラウドの心にエリザがいたのかなんて分からない。

クラウドとエリザは生まれた時からお互いを知る幼馴染だった。本当はセリーヌとの婚約よりずっと前から、淡い初恋がとっくに生まれていたのかもしれない。

クラウドは、本当はただ婚約者となったセリーヌに努力して向き合ってくれていただけだったのかもしれない。

なんにせよ、魔王が乙女を今年の貢ぎ物にと望んだ時点で、運命の歯車は狂い始めたのだ。

クラウドはきっと、それまでは諦めてセリーヌと結婚するつもりだったに違いない。

現に二人の結婚の時期は一年以上前から決まっていて、間近に迫っていた。

しかし、恐らくクラウドは思いついてしまったのだ。

乙女が選ばれるギリギリで婚約を解消し、エリザと婚約を結び直すことを。

なぜなら、そうすればきっとセリーヌが生贄に選ばれることになる。条件に当てはまる婚約者のいない令嬢はもうほとんど残っていないのだから。だからこそエリザは、このままでは自分が生贄になってしまうと怯《おび》えているのだから。

このタイミングで知ってしまった酷《ひど》い裏切りは、セリーヌを生贄にして、エリザと結ばれるためのものだとしか思えなかった。ひょっとしてセリーヌを生贄にと神殿に進言でもするつもりかもしれないなと、嫌な考えが浮かぶ。

セリーヌが生贄になってしまえば、あとはもうどうにでもなる。

クラウドは愛するエリザと無事結ばれ、邪魔者であるセリーヌも『仕方なく』消えることになるのだから。

セリーヌはこの時点でさっさとクラウドに見切りをつけて婚約を解消し、急いで別の婚約者を探せばよかったのだ。そうすればきっと間に合っただろう。エリザには無理でも、セリーヌと婚約したいという令息はいくらでも見つかったはずなのだから。

エリザは奔放な令嬢として有名で、貴族令息からの評判は良くなかった。けれど、セリーヌはそうではない。見目も麗しく、慎ましいセリーヌは密《ひそ》かに令息たちから人気があった。

（でも今思えばエリザ様の評判も、クラウドとの愛を貫くため、変に他の男性に見初められないようにするためにわざと作り上げたものだったのかもしれないわね）

セリーヌは絶望の中にいた。だから、もういいと思ってしまったのだ。

諦めきってしまったセリーヌは乙女がついに選ばれるというその直前に、叔父夫妻に告げた。

クラウドとエリザのこと。選ばれるまでもなく、自分が生贄になろうと思っていることを……。

叔父は複雑そうな顔をしていたが、叔父の妻の目に喜びが宿ったのが見て取れた。セリーヌがいなくなれば現在当主代理である叔父は正式なアレスター伯爵となり、その後も自分の息子が継ぐことになる。表面上は一度、本当にいいのかと尋ねられたものの、それだけだった。強く反対されることもなかった。

これまでだって、クラウドだけがセリーヌの味方で、セリーヌを愛してくれていた。

しかし、それも勘違いだった今、セリーヌを大事に思ってくれる人などもうどこにもいない。

選ばれた乙女の元にはひっそりと神殿から迎えが行くことになっていた。

だからその直前に神殿に赴き、自分が生贄になると告げた。その時の魔法士や神官たちの驚きは面白いほどだった。

婚約者がいる者は該当せずと戸惑う神官に向かってセリーヌは用意しておいた自分とクラウドの婚約破棄証明書、そしてエリザとクラウドの婚約証明書を見せた。もちろんどちらも作成途中のもので手続きはまだ完了してはいなかったけれど、目に見える不備もなく、セリーヌが本気であることを示すには十分だった。準備周到なその様に加えて、誰もが回避したい生贄に自ら立候補しているのだ。

最終的にはそこまで揉《も》めることもなく、セリーヌが生贄となることが決まった。

その時に、神官が話しているのを漏れ聞いてしまったが、やはりセリーヌが声を上げなければ生贄にはエリザがなるはずだったらしい。

クラウドは何をしていたのかと思う反面、そううまくいかずに焦っていたのかもしれない。最近は連絡もほとんどなかったな、と思い直す。

（きっと、間に合わなかったと今頃は絶望しているはずね。だけどそれが幸福へ一転するんだわ。せっかく私が生贄になるんだもの。無駄にはしてほしくない。どうか、愛するクラウド様が幸せになれますように――）

こうしてセリーヌは生贄になった。

そして魔界に送られる直前、神殿の奥で過ごす最後の夜に、セリーヌは『女神の託宣』を受けたのである。

【――わたくしの愛《いと》しい子、あなたは正統なる聖女。邪を清め悪しきを滅してくれますか……】

セリーヌは皮肉な運命に思わず笑いを零《こぼ》した。

（結局最初から、生贄になるのは私であるべきだったんだわ）

そうして翌朝、彼女は神託のこと、自らが聖女だったことを誰にも告げることなく、ひっそりと魔界へ送られたのだった。

魔法士が水晶に魔法を送り、ゲートが開かれる。眩《まばゆ》い光に包まれ目が眩《くら》んだ次の瞬間、さっきまで感じていたものとは全く違う匂いが鼻先を掠め、セリーヌの足は魔王城の床を踏みしめていた。

そして目を開けると、すぐ目の前に冷たい空気を放つ魔王ルシアンがいたのだ。

「――名前は？」

低く、酷く冷めた声。

必死に震えを抑えて、自分の名を告げる。

その瞬間、自分が生贄になったと、本当の意味でセリーヌは思い知ったのだ。

◆◇◆◇

考え事をしているうちにあっという間に朝になってしまったらしい。いつの間にかカーテンの隙間から光が漏れている。

クラウドとエリザのことはセリーヌの心に大きな傷を作った。

そんな辛《つら》い記憶をなぞるような夢を見てしまった。むしろそのままの再現だ。

魔王城に送られた後、すぐに別室に案内され、そこで一日過ごし、その次の日――昨日である――には、すぐに儀式が執り行われた。

つまり、セリーヌが魔王城にきてからまだ三日目だった。

(三日目がくるとは、思ってもいなかったけれど)

寝台の上で体を起こし、頭を抱えて息を吐く。当然起こると思っていたことが起こらなかった混乱は大きく、まだ自分が生きている事実への気持ちの整理がつかないままなのだ。

そうして気持ちを落ち着けていると、突然セリーヌのいる寝室の扉が勢いよく開け放たれた。

――バン!

ノックもなく、盛大に音を立てて。

セリーヌが驚いて扉の方へと目を向けると、スラリと背が高く、出るところが大胆に出ている妖艶な美女が優雅な足取りで部屋に入ってきた。

美女は数歩部屋に進み入るとぴたりと立ち止まり、流し目でセリーヌを視界に収める。

その圧倒的色気とオーラに、セリーヌは反射的に委縮し、思わず息をのんだ。そして、はたと思い当たる。

(ひょっとしてこの方、魔王妃殿下なのでは……？)

もしもそうだとしたら、まずいのではないだろうか。

生贄のための儀式とはいえ、昨日セリーヌはルシアンと口づけを交わした。

美女がもしもルシアンの妃《きさき》だった場合、そのことを責めるためにこうして寝室に乗り込んできたのでは――。そう考えて、ごくりと喉を鳴らす。

しかし次の瞬間、美女は両手を大きく広げ、弾《はじ》けんばかりの笑みを浮かべた。

「おっはようございまーす！」

その口から飛び出てきたのは、外見の印象とは正反対の、まるで元気な子供のような挨拶だった。

(えっ……？)

おまけにあまりの美貌に一瞬気がつかなかったが、よく見るとふりふりのフリルがたくさんあしらわれたメイド服を着ている。ついでにスカート丈がとても短い。

美女は広げていた手で自分の頬を挟むと、さらにセリーヌに近寄ってくる。

「ふふん！　魔力の感じで目が覚めたのが分かったから、早く会いたくって急いできたのよっ？　いいよね？　いいよね？　あのね、私メリムっていうの！」

……ものすごくはしゃいでいる。それから、話し方自体も子供のようだ。

セリーヌが視覚と聴覚から入る情報のあまりのギャップに混乱して咄嗟に返事ができずにいると、ギャップ美女メイドの頭が後ろから叩《たた》かれた。

ボコッ！　といい音が響き、美女がよろめきながら悲鳴を上げる。

「うわあん！　痛ーいっ！」

「メリム、いい加減にしなさい。セリーヌ様が驚いていらっしゃるでしょう。あなたはいつもあまりに落ち着きがないのです」

丁寧な口調でメリムを窘《たしな》める声が聞こえるが、はっきり姿が見えない。

(この声、どこから聞こえているの？)

セリーヌはさっきから全く事態についていけていない。

「でもでも！　叩くなんてひどいよ、シャルたん！」

メリムが身をかがめてうずくまった瞬間、その体に重なり隠れていた姿が見えた。

そこにいたのは小さな美少年だった。確かに声は比較的高い子供のものであるものの、声のトーンや口調の印象と見た目があまりにもちぐはぐだ。

「申し遅れました、セリーヌ様。私はシャルルと申します。以後お見知りおきを」

シャルルと名乗った美少年は右手を胸に当てて深く頭を下げると、顔を上げてにこりと微笑んだ。

「シャルたん！　メリムのこと無視しないでよおっ！」

しゃがんだままのギャップ美女メイドが美少年に縋りつく。

セリーヌがポカンと口を開けてしまったのも無理はないだろう。

（ちょっと頭がついていかないんですけど……）

妖艶なメイド服の美女も、紳士的な可愛い美少年も、見た目と中身のギャップがすごすぎるのだ。

子供のように全身で不満と悲しみを訴えるメリムに、彼女を冷たくあしらっているかと思いきや、穏やかに宥《なだ》めすかし、みるみるうちに機嫌をとっていくシャルル。そんな二人のやり取りを見ているうちに、セリーヌが抱いていた緊張も少しだけほぐれていく。

放置されていたのは少しの間だけで、メリムはすぐにセリーヌのことを思い出したらしい。

「あらためまして、メリムだよっ！　ルシアン様にお願いして、セリーヌ様のお世話はメリムがしていいことになったのっ！」

メリムはそう言いながら、えへん！　と豊満な胸をはる。

「わ、私のお世話、ですか……？」

生贄であるセリーヌのお世話とは一体どういうことだろうか。

おまけによくよく話を聞いてみると、本来メリムは魔王ルシアンの側近であり、メイドですらないというではないか。

ちなみにメイドではないのにふりふりのメイド服を着ている理由については、セリーヌのお世話に張り切るあまり「たくさん頑張れるように可愛いメイド服をつくったの～！」ということらしい。確かに城内で見かけた別のメイドはもっとスカート丈の長い、シンプルで落ち着いた一般的なメイド服を着ていた。

「本当のメリムはメイドじゃなくてルシアン様の『右腕』ってやつだよ！　セリーヌ様のお側にいたくて右腕を休憩してるの！」

自慢げに告げるメリムに、すかさずシャルルが反論する。

「メリム。右腕は第一の側近であり秘書も兼ねる私でしょう」

「え〜！　でも、メリムはルシアン様の次に強いのに〜！　悪い奴がいたらやっつけるのはメリムなんだよっ」

「しかし、今の魔界の治世は落ち着いているから最近のメリムの仕事は戦闘以外でしょう。それにそのおかげでセリーヌ様のお側につけるのですから。やはり常に陛下の側にいる私が右腕です」

「むう。じゃあメリムは左腕にするね」

「まあそれならいいでしょう」

深く頷《うなず》くシャルル。

（いいんだ……）

とにかく、この二人がどうやら魔族の中でも高い地位についていて、ルシアンの側近であることは間違いないらしい。

どこかとぼけた会話にセリーヌが困惑していると、シャルルがフォローに入る。

「騒がしいので不安になるかと思いますが、メリムはこう見えて気遣いと思いやりの女性です。他のメイドと比べても不足することなく、いいえ、メイドとしてセリーヌ様にきっとご満足いただけると思いますよ」

「ええ〜っ、気遣いと思いやりの女性だってー！　えへへ！　メリム、頑張るねっ！」

シャルルの賛辞に頬を染めて喜ぶメリム。

（そういう心配をしていたわけじゃ、なかったのだけれど……）

「よろしくお願いいたします……？」

「うん！」

簡単に挨拶がすんだところで一度シャルルは退室し、セリーヌはメリムに手伝ってもらい、ドレスに着替えることになった。連れていかれたドレスルームには多くのドレスや宝石が用意されている。どれも美しく華やかで、セリーヌの心をくすぐるが、要求した生贄を迎えるために用意したものなのかと思うと複雑な気分になった。

――そう、セリーヌは生贄なのだ。短い間に何度もそう自分の中で確認するのは、受けている対応があまりにその立場にそぐわないものだからにほかならない。あまりに平和で、あまりに友好的で。

いつの間にかすっかり緊張は解け、今日のドレスをどれにするかと楽しげに話しながら笑顔を向けてくるメリムに気を許しそうになる。

あまりのちぐはぐさに、セリーヌは夢を見ているような現実感のない心地になっていた。

セリーヌのためにたくさんのドレスの中からメリムが選んだのは、淡い桃色のエンパイアラインのドレスだった。薄いレースがいくつも重ねられていて、同じ色の糸で華やかな刺繍《ししゅう》が施されているナチュラルで可愛らしいもの。

髪の毛はおろしたままで、ふんわりと梳《す》いてくれた。ドレスを着せる時も、髪に触れる時も、メリムの手つきは丁寧で優しい。

魔王の側近に生贄の世話をされていることに内心落ち着かなかったものの、メリムは楽しそうにセリーヌの支度をしてくれているので、何も言えずに結局全て任せてしまった。

すっかり支度がすんだ頃、シャルルが部屋に戻ってきた。

「――さて、それではセリーヌ様も気になってらっしゃるかと思いますので、儀式についてお話しさせていただいてもよろしいでしょうか？」

「っ！　は、はい」

シャルルの言葉に、ソファに座ったセリーヌは背筋を伸ばす。

「まず、昨日の儀式は中断された形です。後日もう一度やり直すことになると思います」

「中断……」

セリーヌが倒れてしまった時点で、儀式はまだ終わっていなかったのだ。

やり直しということは、口づけすれば終わりというわけでもないのかもしれない。

「けれど、ルシアン陛下はとても反省なさっていて、やり直しはセリーヌ様のお心を待って行うとのことです」

「え？」

「陛下はセリーヌ様がそのお立場を本心から受け入れることができるようになるまで待つ、とおっしゃっておられます」

「…………」

セリーヌは、生贄になることを選んだ時に、もちろん覚悟を決めていた。

けれど、それは意思による決定で、心は今でも恐怖に怯えている。自分が食べられるということを本心から受け入れるなんて、そんな日が来るだろうか。

覚悟をしても、すぐに揺らぐ。何度も繰り返す。やっと全てが終わると思ったが、結局セリーヌの弱さのせいで儀式は中断された。

死は、やはり怖い。

それでも。

「私が食べられるのは、もう少し先になるのね……」

自分の命はもう少し、この灯《ひ》を消さずにいられるらしい。

セリーヌは思わず呟き、すぐに我に返ってハッとした。

こんなことを口に出すべきではない。

だが、メリムは全く気にした風でもなく、むしろ嬉《うれ》しそうに笑った。

「あははっ！　そうだね、ルシアン様に食べられるのは、儀式がぜーんぶ終わってからだよお。ルシアン様、お預けだねっ！　セリーヌ様、こーんなに美味しそうなのにね～」

「メリム、やめなさい。ルシアン陛下に叱られますよ」

ひゅっと息が詰まった。……自分が食べられることを、まさかこんなにも楽しげに話されるとは思わなかった。

あまりに友好的な態度だから無意識に気が緩んでいたものの、やはり生贄は生贄。彼女たちは魔族。人とは感覚が違うだけなのだと思い知る。

「とはいえ、そういう意味では確かにセリーヌ様のお心が定まっているのといないのとでは、その甘美さは大きく変わるでしょう。セリーヌ様自身もより幸福を感じられるようになるかと。私も賛成ですよ」

……セリーヌはつい、嫌な想像をしてしまった。

生贄として命を落とすことを心から幸福と感じるようになった自分。「早く食べて」と胸は躍り、準備万全整ってお肌もツヤツヤになっているのだ。もうじき死ぬのだと思えば、絶望し、運命を嘆き、やつれたりするのが普通なのに。

そうか。

そこまで考えて、こうして優しくされることがやっと腑《ふ》に落ちた。

やはり、やつれてしまっては、きっと美味しくないのだ。人が食べる牛や豚などの家畜も、健康で丸々としている方が当然美味しい。

だとしても、いつになるかわからないセリーヌの心の変化を待つなど、魔族とは随分な美食家なのだろうか。

（いつか、身も心も美味しく仕上がった私を、恍惚《こうこつ》とした表情の魔王様がペロリと召し上がる……）

その光景を想像してしまい、慌ててそれを打ち消す。

けれど、メリムとシャルル、二人ともにあまりにあっけらかんと言われたことで、逆に肩の力が少し抜けた気がした。

(魔王様や魔族の皆様にとって、人を――私を食べるのは、そこまで重大なことではないのね)

セリーヌは勘違いしているが、ことは彼らにとっても間違いなく重大なものである。

ただし、セリーヌが思い描いているものとは、多少、いや、かなり気色が違うことに気がつくのは、もう少し先のことになる――。


セリーヌがメリムやシャルルと話していると、またもや扉がバン！　と音を立てて開いた。

「――セリーヌは？」

姿を見せたのはルシアンだった。急いできたのか、少し息が乱れている。

ルシアンの突然の登場にセリーヌはきょとんと目を瞬《しばた》く。

ブルーグレーの瞳はそんなセリーヌに視線を合わせると、つかつかと足早に近寄ってきた。

そして、突然のことに反応できないでいるセリーヌを――。

「ああっ、よかった！」

「ひえっ!?」

勢いよく抱きしめたのだ。

(ななな、なにっ!?)

「昨日も顔色は良かったようだったが、目が覚めるまで気が気じゃなかった……メリム！　お前、僕がすぐにこないように魔力の気配を誤魔化しただろう！」

「だってメリムが最初にセリーヌ様におはようって言いたかったんだもん！」

「セリーヌの世話をする権利を譲っただけでもいいと思えっ！　本当はそれも全て僕がしたいくらいなのに……シャルルもシャルルだ。どうしてお前までセリーヌが目を覚ましたことをすぐに僕に教えなかったんだ⁉」

「だからですよ、ルシアン陛下。男性である陛下に手ずからお世話をされるのはセリーヌ様が嫌がられるかと」

「くっ……！」

ぎゃあぎゃあと言い争う三人を前に、セリーヌは混乱していた。

ただでさえよく分からない状況に全くついていけない。おまけにルシアンから抱きしめられたままなのだ。

（……これはどういうことなの？）

目の前の光景があまりに予想外すぎて頭が追いつかない。

妖艶美女は子供のように無邪気で、美少年は大人っぽいなんてものではない。

魔王ルシアンに至っては儀式のときとは別人にすり替わってしまったのではないかという変貌ぶり。

「陛下、セリーヌ様が戸惑っておられますよ」

やはり最初にセリーヌの困惑に気がついたのも、見た目年齢は一番幼いシャルルだった。

呆《あき》れたようなその言葉にハッと我に返ったルシアンは、おずおずとセリーヌの顔を覗き込んでくる。

「本当は僕が一番に言いたかったんだ……おはよう、セリーヌ」

——これは誰なのだろう。

姿かたちは間違いなく魔王ルシアンである。

けれど、儀式の時にあれほど冷たく、恐ろしく感じたその瞳は、いまやまるで子犬のようにうるうるとセリーヌを見つめていた。

（いや、本当に誰ですか……？）

返事をしない（驚きのあまりできない）セリーヌをどう思ったのか、側に控えていたシャルルがすかさず口を挟んだ。

「儀式の際のルシアン陛下の態度があまりにも酷かったので、私とメリムでよくよくお話ししておきました」

メリムからも援護射撃（？）が飛んでくる。

「そうそう！　昨日のルシアン様、お顔とーってても怖かったもんねっ！　メリム、どこの魔王かと思って震えちゃった〜！　あれじゃセリーヌ様も嫌になっちゃって当たり前だよお。ねえっ？」

（ねえ？　っと言われても……）

それに、ルシアンは間違いなく魔王である。これは魔族風の冗談なのだろうか。

魔族たちの関係性がなんだか思っていたのと違っていて戸惑いが止まらないセリーヌ。

何がなんだか分からないうちにセリーヌはルシアンに朝食に誘われ、断る間もなく手を取られエスコートされる羽目になっていた。

「どうしたんだいセリーヌ？　口に合わないか？」

「い、いいえ。そんなことはございません」

こちらを心配そうにうかがうルシアン。

気がつけばセリーヌとルシアンは魔王城の広いダイニングで、テーブルを挟んで向かい合って座り、食事をともにしていた。

(口に合うも何も、正直味なんてわからないわ……)

手が震えないようにするので精一杯だ。

セリーヌは生贄なのに、なぜルシアンと仲良く朝食をとることになっているのかもよく分からない。

いくら美味しくいただくためとはいえ、食べるものと食べられるものが同じ食卓に着くなんて違和感しかない。ここまでする必要があるのだろうか。美味しく食べるための努力がすごい。セリーヌの中で魔族美食家説が真実味を帯びていく。

執事とメイドよろしく部屋の隅で控えているシャルルとメリムは席に着いた二人を見て満足そうな顔をした後、今は空気になっている。

目が覚めてから、ずっと困惑しっぱなしだった。

というより昨日から困惑しかしていない。

食事が進まないのはなにも困惑のせいだけではない。

皿に盛りつけられたオムレツにナイフを入れながら、つい考えてしまうのだ。

(私もそのうち、こちら側なんですよね……)

明日は自分が食材側《たべられる》かも。そう思うとなかなか食事の手も進まない。

料理に感情移入するのは初めての体験だ。

そんなセリーヌを見て、ルシアンも手を止める。

「シャルルから聞いたと思うが、僕は君の心を待つ。儀式の時に君を追い詰めるようなことを言って悪かった」

「――っ！　い、いいえ」

ルシアンの、心から悔いているような様子に、余計に戸惑いを覚える。

昨日からこの魔王には、思いもよらない態度ばかりとられている。

「僕は決して君を傷つけたいわけではないんだ。できるだけ快適に過ごせるようにするから、何かあればなんでも言ってほしい」

「……はい」

返事はしたものの、言われている意味がよく分からない。

傷つけたいわけではない？　生贄として連れてこられて、そのうち食べるのに？

できるだけ快適に過ごせるようにする？

というか、今の時点で想像の斜め上をいく好待遇で逆に怖いと思うほどだ。

何かあれば言ってほしい？

……どうやらルシアンはセリーヌをできる限り美味しくいただけるよう、本気で懐柔しようとしているらしい。魔族美食家説はついに確信に変わった。

（生贄を懐柔って、なんだかもうよく分からないけれど）

少し伏し目がちにそんなことを考えていると、ルシアンが上ずった声で続ける。

「そして、できれば……できれば僕と、仲良くしてほしい」

「…………はい？」

セリーヌが弾かれたように顔を上げると、固い表情のルシアンがこちらを見ていた。

――なんだこれは。

ルシアンの魂胆がよく分からない。彼だけではない。メリムやシャルル、他の使用人たちにしてもそうだ。

まだほんの少しの時間しか経《た》っていないが、生贄であるセリーヌに驚くほど好意的に接してくれている。

いまやセリーヌの胸中には生き延びた安堵よりも、この状況をどう受け止めればいいのかという困惑ばかりが広がっていた。

さっきメリムやシャルルに、自分が生贄であることをきちんと確認していて良かった。

そうでなければ、好意的な態度に、優しさに、自分は死なずにすむのではないか、友好関係を築けるのではないかと余計な期待を持ってしまっていたに違いない。

(どれだけ優しくされても、それは生贄に対する態度であることを忘れないようにしなくちゃ……ただ、魔族たちは私たち人間と感覚が違うだけ。生贄にも、好意的に見える態度を取るだけ……)

それに、生贄という事実が変わらない以上、セリーヌの役目も変わらない。

今は大人しく、この雰囲気に馴染み、魔族たちに従おう。万が一にでも自分が聖女であることを悟られるわけにはいかない。それに気づかれてしまえば、食べられることさえなく殺されてしまうかもしれない。ここまできて聖女の使命すら果たせないなんてことになれば、そう遠くないうちに訪れる自分の死が、無駄なものになってしまう。

（そうよ、命をかけているんだもの。やるしかないの。私は――魔王様を殺さなくちゃいけない）

セリーヌは改めてそう強く決意したのだった。

第二章◆生贄の真実

「セリーヌ様、おはようございます！」

「セリーヌ様、お散歩ですか？」

「また美味《おい》しいお菓子をお持ちしますね！」

セリーヌが魔王城の中を歩いていると、行き交う人たちが皆にこやかに声をかけてくれる。

人間、緊張状態は長くは続かない。

もちろんセリーヌは、自身が生贄であること、死の運命が待っていることを忘れたわけではない。周囲にいる魔族たちが自分の死に関わる存在であることもしっかり認識している。しているし、最初こそ好意的なその態度に逆に警戒心を抱いていたセリーヌだったが、あまりにも魔族たちがそれを感じさせないような温かで優しい態度ばかり取るため、知らず知らずのうちに気が緩んでいた。

今でもこの好意が自分を美味しく食べるためのものかもしれないと思うと複雑ではあるが、その事実もどこかピンとこなくなっていた。自分の立場を忘れたわけではないのに、一度も恐怖や不安を抱く機会がなくて、感覚が麻痺《まひ》してきている。

むしろ、叔父家族の中で居心地悪く過ごしていたセリーヌにとっては、両親が生きていた頃以来の心地よく温かな暮らしだといえるほどだ。それがたとえ生贄《いけにえ》として熟成させるための環境だったとしても。

――叔父家族の子供、つまりセリーヌの従兄妹《いとこ》にあたる一つ年上の兄マイロと同い年の妹ジャネット。

ジャネットは可愛《かわい》く我儘《わがまま》で、セリーヌのことを分かりやすく嫌っていた。

何かにつけてはセリーヌを見下し、時には陥れようとさえする。屋敷の中で会えば嫌味を言われ、物をとられるのも珍しいことではない。嫌いならば関わらずにいてほしいと思うが、ジャネットはセリーヌに嫌な思いをさせなければ気がすまないようだった。ちなみに義母であるナタ―リエ夫人も同じようなものだ。

叔父家族と暮らすようになってすぐは婚約者であるクラウドもよくセリーヌに会いにアレスター家に来てくれていたものの、そのうちジャネットがクラウドにしつこくつき纏《まと》い出した。おまけにいつの間にかジャネットはエリザと親しくなっていたようで、クラウドがアレスター家に訪れると、ジャネットとエリザが揃《そろ》って出迎えるなんてことも起こり始めたのだ。

それをセリーヌは不安に思うようになり、またクラウドもうんざりし始めたため、二人で相談してアレスター家への訪問はほとんどなくなったのだ。

ジャネットとは対照的に、兄であるマイロは穏やかで優しく、セリーヌのことも気にかけてくれてはいた。

しかし彼がセリーヌを庇《かば》えば庇うほど、彼の母であるナタ―リエ夫人や妹ジャネットはムキになって、よりセリーヌを虐《いじ》めようとする。どちらにせよ効果がないのならば自分のせいで叔父家族の仲が拗《こじ》れてしまうのは心苦しい。そう思い、マイロにはなるべく静観するようにお願いしていた。

叔父もナターリエ夫人とジャネットには甘く、セリーヌは正統なアレスター家当主でありながら、屋敷の中ではずっと蔑《ないがし》ろにされていたのだ。

そうして過ごすうちにいつしか、そんなセリーヌの心の支えはクラウドの存在、そして彼との未来だけとなった。

（今思えば、私がクラウド様に依存してしまったのも、彼にとっては負担だったのかもしれない……）

今更そんなことを考えてもどうしようもない。けれど、ふとした時にクラウドのことを考えてしまうのだ。

メリムとともに城内を散歩していると、執務中のはずのルシアンが廊下の向こうを通りかかるのが見えた。

少し距離があったにも関わらず、ルシアンはすぐにセリーヌに気がついた。目が合った瞬間、嬉《うれ》しそうな笑みを浮かべて駆け寄ってくる。

「セリーヌ！　今日も君はとても綺麗《きれい》だ。毎日君の顔を見ると元気が出るよ」

会うたびにそんな風に言われて、まるで愛されているかのようで。生贄という自分の立場を忘れてしまいそうになる。

ルシアンはあれから毎朝、セリーヌに与えられた部屋に来ては食事に誘い、ダイニングまでのエスコートを欠かさなかった。

朝だけではない。時間が許す限り昼も夜もともに食事をとるのだ。

どんなものが好きか、どれが一番美味しいか、何が食べたいか、セリーヌの好みを聞きたがる。何度も食事をともにしていくうちにさすがに緊張もほぐれて普通に食事をとれるようになると、何も言わずとも食事がセリーヌ好みになっていく。

「前に、これを一番美味しそうに食べていたから」

そうやって微笑《ほほえ》まれると胸がどきりとした。

(意図がどうであれ……私のことを、本当によく見てくれているんだわ)

最初は冷たく思えたそのブルーグレーの瞳も、今は優しげに見えてしまうから不思議だ。

魔族は恐ろしい存在で、人間を見下し、特に魔王様はいつでも人間を蹂躙《じゅうりん》し支配下に置こうと企んでいる。少しでもその機嫌を損ねるようなことがあれば、きっとすぐに人間など滅ぼされてしまう。そうされないためにも、毎年の貢ぎ物でなんとか水際の平和を手に入れている。

人間界ではいつだってそう教えられていた。それが常識だった。

(けれど、魔族の人たちも、魔王様も、みんな温かで優しい人ばかりだわ)

むしろ、平気な顔でセリーヌを傷つけたり陥れようとしていたジャネットやナターリエ夫人、見て見ぬふりをしていた叔父、あれだけ心を通わせていると思っていたのに笑顔でセリーヌを裏切っていたクラウド。人間たちの方がよほど恐ろしい。

最近、セリーヌはそう思うようになっていた。

魔族や魔王様への恐ろしい思いは、もしかして間違っていたのかもしれない。

魔王様が酷《ひど》く残虐な人物だということも、ひょっとして何かの誤解なのかもしれない。

うっすらとそんな思いを抱き始めていたある日、セリーヌはメリムや他の使用人に促されルシアンの執務室に軽食を差し入れにいくことになった。

しかし執務室に辿《たど》り着く前に、何やら話し声が聞こえてきた。それも穏やかではない声色に、セリーヌは思わず少し離れた場所で立ち止まり、そっと廊下の向こうの様子をうかがった。

「陛下！　どうか我が領地をお救いください！」

貴族なのだろうか、初めて見る魔族の男性がルシアンに縋《すが》りつくようにして助けを求めている。声には悲愴《ひそう》感が漂い、どうやら揉《も》めているような雰囲気だ。

ルシアンの側《そば》にはシャルルの姿も見える。彼が止めにも入らず、いつもと同じ冷静な表情で控えているのを見るに、恐らく問題ない範囲なのだろう。しかし、それが理解できても見慣れない光景とルシアンに掴《つか》みかかるような男性のあまりの形相に、セリーヌはヒヤヒヤしてしまう。

セリーヌの緊張が伝わっているのか、メリムもじっと息をひそめてセリーヌの隣に並んで見守っている。

「具体的に貴殿は何を望んでいるのだ？」

「は、王城の食物庫から我が領地に分配いただければ次の冬もなんとか越せると……」

「話にならんな」

「そんな！　陛下っ」

言葉短く吐き捨てたルシアンは男の手を振り払うと、悲痛な叫びにも振り返ることなく執務室へと消えていった。

その冷たい表情と声色に、セリーヌはつい儀式の時の恐ろしさを思い出してしまう。

あれ以来、セリーヌが目にするのは穏やかで優しいルシアンばかりだった。しかし、やはり彼はそれだけの存在ではないのだとまざまざと見せつけられたような気分で、心臓が嫌な風にドキドキと鳴り始める。

セリーヌの意思とは関係なく、想像が頭の中を駆け巡る。

――ついにセリーヌを生贄として食べてしまう気になったルシアン。

何も言えず、ただ恐怖と絶望に震えることしかできないセリーヌと、そんなセリーヌを冷たく見つめ、無慈悲に手を伸ばすルシアン…………。

「セリーヌ様っ？　なんだか顔色が悪い気がするけど、大丈夫？」

肩に優しく触れられて、ハッと我に返る。いつの間にか俯《うつむ》けていた顔を上げると、目の前でメリムが心配そうに顔を覗《のぞ》き込んでいた。

「え、ええ。大丈夫よ。ぼんやりしてしまってごめんなさい」

「それならいいんだけどお……」

自分の想像に、どうかしていると頭を振ってそれを払うセリーヌ。

そもそもセリーヌは早く自分を食べてもらい、そしてルシアンに死んでもらうことこそが使命なのだから、命乞いをすること自体がありえないのだ。ありえないことを想像して落ち込むなど無駄でしかない。

（結局、まだ覚悟ができていないってことなのかしら）

死ぬ覚悟は魔界に来るより前にとっくにしたつもりだった。しかし、強く決意した次の瞬間に恐ろしくなる時もある。

死ぬのは怖い。魔王ルシアンの冷たい視線も怖い。

そんな風にいいしれない不安と恐怖に苛《さいな》まれているうちに、気づけばルシアンに縋っていた男性貴族はいなくなっていた。

セリーヌは気がつかなかったが、一人じわじわと不安と恐怖に飲み込まれそうになっているセリーヌをメリムがじっと見つめていた。

このままルシアンに会わずに来た道を戻りたくなっていたが、メリムに「ルシアンが怖いので会いたくない」とはとても言える雰囲気ではなく、重い足を動かして執務室に向かう。そもそも、セリーヌにメリムや他の魔族の言うことに反発するなどという選択肢は存在していない。

扉を開けようと手をかけたところで、なぜかメリムに止められた。しーっと唇に人差し指を当てるメリムを不思議に思っていると、中からルシアンとシャルルの話し声が聞こえ始める。執務室の壁がこれほど薄いわけはないので、メリムが何かそういう魔法を使っているのかもしれない。

「陛下、こちらが先ほど直訴されていた北方のリドル領の資料でございます」

「ああ」

……魔法はすごい。紙をめくるような音まで微《かす》かに聞こえてくる。なんとなく、メリムが中のやり取りをセリーヌに聞かせたいのだというのは感じたが、それがなぜか分からない。困惑したまま会話に耳を傾ける。

セリーヌは先ほどの冷たい様子でルシアンが怒っているのではないかと思っていたが、その声色はとても落ち着いているようだった。

「陛下、どうなさるのですか？　確かにこの領地に住む領民には次の冬を越すだけの蓄えをこれから用意するのは難しいように思いますが」

「食物庫の食料は非常時以外には手をつけないと決めている。特別な事情もなく彼《か》の地にだけ特別に与えるなどということを許すわけにはいかない。それに不足が起きているのは領主が無計画に過分な消費を続けたせいだ」

とても静かな声。今の内容だけで、詳細を知らないセリーヌにも分かった。ルシアンの言っていることは間違っていない。

しかし、儀式の時以外では穏やかな一面しか見ていなかったため、毅然《きぜん》とした態度を崩さないルシアンの様子をセリーヌは少し意外に感じた。同時に、そう感じている自分に気がついて驚きもした。

最初はルシアンのことをあれほど恐ろしく感じていたのに、冷たい一面を見て意外に思うなんて。

やはりルシアンは魔王であり、魔族の頂点に立つ者。優しいだけでは国の統治などできないのだ。

そんなことを思っていたが、ルシアンの話はまだ終わっていなかった。

「……苗を増やしている食物の一部をリドル領で管理するように命じろ。今とは違う地形や生育条件で栽培可能かどうかを試す必要があるからな」

「条件は他と同じでよろしいですか？」

「いや、管理している間の税率を下げること、栽培した作物の三割を自領で消費することは許すが、買取の場合は他より安い価格にさせる。そもそも食物庫を頼りに対策を一切していなかったリドルに問題がある。他の事業がなくなったわけではないのだから、罰としてはそれくらいがちょうどいいだろう。この管理に失敗した場合は領地返上を言い渡す。そう伝えてくれ」

「かしこまりました。手配いたします。次に――」

会話が途切れ、声が聞こえなくなる。メリムの魔法が解かれたようだ。

思わず振り向くと、メリムがにっこりと微笑んでいた。

「セリーヌ様、ルシアン様の新たな一面を見てびっくりしてたでしょっ？　だから、どうせなら最後までちゃーんと見てもらおって思ったの！　ルシアン様は甘いだけでも厳しいだけでもなくって、とってもかっこいい魔王様なんだよって！」

どうだった？　かっこよかった？　と嬉しそうにはしゃぐメリムに驚いてしまう。

確かに、ルシアンとシャルルの会話を聞いていなければ、助けを求める貴族を冷徹に切り捨てる印象しか持たなかったに違いない。そしてそれを『やっぱり』と思い、セリーヌはルシアンの本質だと勘違いしたはずだ。

そうではないと分かった。違うと知ってしまった。

ただ、それが今のセリーヌにとって良いことなのか悪いことなのか、よく分からない。

知れて良かったと思う気持ちがある反面、知らないままでいた方がよかったような気もしている。

セリーヌの心の中は複雑だった。

魔族を恐ろしいと苦しみ、死の恐怖や不安に苦しむ心。

魔王ルシアンや魔族たちの予想もしなかった姿や魔界の居心地の良さに、魔族が恐ろしいなど、自分が生贄であるなど、全て誤解なのではないか？　と期待してしまう心。

矛盾した二つの心がセリーヌの中に同時に存在していて、魔界に来たばかりの頃に抱いた『魔王様を殺さなくちゃいけない』という決意が揺らいでいくのだ。

メリムに促され、その後は予定通りに軽食の差し入れをした。

ルシアンはやはりとても喜んでくれて、いつも食べているはずの軽食を『こんなに美味しいものはそうそう食べられない！』とはしゃぎながら食べてくれた。その姿がとても無邪気で、恐ろしさの欠片《かけら》も感じなくて。

セリーヌの心は本当にみるまに解されていく。

「セリーヌ様、最近たくさん笑ってくれるようになったねっ！　セリーヌ様が笑ってると、メリムも嬉しい！」

執務室を後にして、隣を歩きながらにこにことそう言ったメリムは、言葉通り本当に嬉しそうな顔をしていた。

（……確かに、最近はなんだか心が穏やかで、気がつけば笑っているかもしれない）

それに、いつの間にかこの生活にすっかり慣れ切ってしまっている。

両親が事故で亡くなり、セリーヌは一人ぼっちになった。叔父家族に迎えられたものの彼らが大事なのでは爵位だけで、家族の中にセリーヌの居場所などなかった。そんなセリーヌの側に寄り添い『セリーヌが大事だ』と愛情を向け、心を救ってくれたクラウドに裏切られて……いつしかセリーヌは笑い方を忘れてしまっていた。

絶望を抱えて心から笑えなくなっていたセリーヌは、穏やかに過ごし、毎日自然に笑っている。

魔界に来たばかりの頃には考えられなかった心境の変化だ。

「メリムや皆さんのおかげです。いつも私なんかに優しくしてくれてありがとう」

そして、本当に自然にそんな言葉が出ていた。

「えへへ！　みんな、セリーヌ様のことがだーいすきなんだよっ！　もちろんメリムもっ」

ルシアンもそうだが、メリムも好意をストレートに口に出して届けてくれる。

なぜこんなにも自分に好意的なのか不思議に思うほどに。

そうして過ごしていると、やはりこの人のよさそうな魔族たちが、人間を脅かす悪しき存在であるなんてとても信じられない。

きちんと話せば、もっと友好的に関わることだってできるのではないだろうか。もしそうなら、友好を結ぶ方がいいに決まっている。

ふと、セリーヌは気がついた。

（ひょっとして、だからなの……？）

思い浮かべていたのは、魔界に来てすぐに抱いたあの疑問。

『魔王ルシアンは、なぜセリーヌの口づけで命を落とさなかったのか』

――その答えが、魔族が悪しき存在ではないからだとしたら？

もちろん、すぐにその結論に至るのが危険であることはセリーヌにも分かっていた。魔族と人間は違う。人間としての価値観で簡単に彼らをはかることはできない。

しかし、ルシアンが実際に死ななかったことで、その可能性が存在するというのは事実だ。

とはいえ、自分が生贄であることをどう考えるべきかは悩みどころだ。結論としてどうにか生贄にするのをやめてもらって歩み寄ることも可能なのでは？　という考えが浮かぶようになっていた。

セリーヌは、夜になり寝支度を終えてメリムも退室した後も、一人になった寝台の中で考えていた。

何が真実で、何が真実ではないのか、見極める必要があるのではないか。

（まずは……明日、魔王様に聞こう。私のことをどう考えているのか）

自分が生贄であることを考えずに現状を振り返ると、セリーヌはとても大事にされている。健康的に、美味しい状態で食べるためだけの行動ならば、何もここまで好意的に接する必要はないように思うのだ。

生贄に対しての魔族と人間の考え方がどうやら違うらしいというのは、来たばかりの頃のメリムやシャルルの会話で分かっているが、ひょっとしてそもそもルシアンはセリーヌのことを生贄だと思っていないのではないだろうか。

そんな疑問がよぎるほど、ルシアンの対応は溺愛といっていいものだった。

目を閉じると、ルシアンの顔が浮かんでくる。

自分を気遣う顔、緊張の面持ちで、仲良くなりたいと言ってくれたこと。いつもセリーヌの様子を見てくれているルシアン。セリーヌを見つけると、微笑んでくれる魔王様――。

そんなことを考えていると、どこからかガシャン！　と、何かが割れるような音が響いた。

続けて、誰かの怒鳴るような声も聞こえてくる。

(何かしら……？)

気になったセリーヌはこっそりと部屋を抜け出し、声の方に向かってみることにした。

少し歩いた先にその部屋はあった。

どうやら中で女性が怒り、声を荒らげているらしい。

だんだんと何を言っているのか、その内容がはっきりと聞こえてきて、セリーヌは凍りついた。

「――どうして!?　あの子は生贄よ！　どうしてよっ、ルシアン！」

「大きな声を出すな。確かに、お前の言う通りだが――」

その言葉を聞いた瞬間、セリーヌは咄嗟《とっさ》に身を翻し、急いで自室へ戻った。怒る女性にこたえていたのは、間違いなくルシアンの声だった。

扉を開け、そっと部屋に入り、ずるずると座り込む。

――生贄。

女性はそう言った。ルシアンは、はっきりとそれを肯定していた。

「なんだ……あはは……」

随分、思い上がってしまっていた。最初から分かっていたことだったのに。

魔族と人間の感覚は違う。ここに来て何度も感じたことだ。それなのに、勝手に人間の常識に当てはめて、妙な期待をしてしまっていた。

ルシアンは直々に若い乙女《おとめ》を生贄に欲しがり、セリーヌはその生贄としてここに来たのだ。

すぐに死ぬはずが、たまたま生きながらえているだけ。

皆が優しいのも、親切にしてくれるのも、生贄を良い状態で魔王に召し上がってもらうためでしかなくて……。

それに、ルシアンや魔族たちは知らないが、そもそもセリーヌは魔王の天敵である聖女なのだ。

（そうよ、何を絆《ほだ》されているの。私の使命は、聖女としてこの命をかけて、魔王様を殺すこと――）

なぜか口づけではルシアンが死ぬことはなかった。

もちろん、伝説や言い伝えが必ずしも正しいとは限らない。世の中には間違って伝わった話もたくさん溢《あふ》れている。

本当は口づけ程度では効果などないのかもしれない。

けれどセリーヌは確かに女神の神託を受けた聖女なのだ。

どちらにしろ、生贄として食べられ、死ぬ時にはきっとルシアンを道連れにできるだろう。

「うっ、うう……」

セリーヌは涙を堪《こら》えきれなかった。

ルシアンに聞けば、「セリーヌは生贄などではない」と答えてもらえるのではないかと、「聖女が滅すべき悪は魔族ではない」という可能性もあるのではないかと、心のどこかで期待していた。

居場所を与えてもらえたような気になっていた。

――向こうの思惑がどうであれ、セリーヌは優しい魔族たちのことを好きになってしまった。

全て都合の良いただの願望にすぎないのに。

セリーヌはやはり生贄でしかなく、結局今も一人ぼっちなのだ。

◆◇◆◇

魔王城の中庭には、大きな噴水がある。

セリーヌはその近くに置かれたベンチに座っていた。

メリムには少し一人にしてほしいと告げて、側には誰もいない。

朝からあまり元気のないセリーヌのことをメリムもシャルルも、そしてルシアンも心配してくれていたが、今はもうそれを心から喜ぶ気にはなれない。

(昨日、魔王様と話していた女性、あの方は魔王妃殿下だったのかしら……)

セリーヌはルシアンのことをあまり知らない。

最初はメリムのことも妃殿下かと思ったが、話している雰囲気でどうやらそれは違うらしいとすぐに分かった。

正直なところ、ルシアンに妃《きさき》がいるのかどうかもはっきりとは知らない。

けれど、時々城内で使用人たちが話している言葉の端々に「妃殿下」や「陛下の寵愛《ちょうあい》」などという単語が聞こえることがあるので、きっとそういうことなのだろうと思っている。

（あの方が妃殿下なら、今のように魔王様が私に時間を割いてくださっていることを面白く思わなくて当然よね……）

全ては生贄を美味しく食べるため。けれど、そんなことは関係なく不快なものは不快だろう。

誰もが優しくしてくれるものだから、そんな当たり前のこともいつの間にか忘れてしまっていた。

「こんにちは、セリーヌ様」

突然背後から鈴の鳴るような透き通った声が聞こえて、驚いたセリーヌは慌てて立ち上がり、声の方に振り向く。

――真っ直ぐに伸びた柔らかい金髪、甘さを感じさせる桃色の瞳。線が細く儚《はかな》げで、セリーヌより華奢《きゃしゃ》で、だけど少し背が高いだろうか。

そこには、まるで春の妖精のような可憐《かれん》で美しい女性が立っていた。

そして……間違いない。

この声は、昨日ルシアンに詰め寄っていた女性だ。

「……こんにちは」

なんとか挨拶を返す。声は震えていないだろうか。

女性は一歩、また一歩とゆっくりセリーヌに歩み寄ってくる。

「初めまして、私はフレデリカ。セリーヌ様にはずっとお会いしたかったの。みんな、私にセリーヌ様を会わせないようにしていたみたいでこんなに遅くなってしまったわ。酷いと思わない？」

「…………」

セリーヌは咄嗟《とっさ》に返事ができなかった。なんと答えていいかわからないのだ。

周囲が二人を会わせないようにしていたのは事実なのだろう。

これほど自由に過ごさせてもらっている中で、セリーヌが彼女を見かけたことは今まで一度もなかった。

きっとフレデリカへの配慮だったに違いない。

魔王ルシアンに纏わりつく形になっている、目障りな生贄を視界に入れないようにと。

「あなた、ルシアンに随分優しくされているのでしょう？　でもね、そんなことで勘違いしてしまってはダメよ」

思わず息をのんだ。

「あ、の……私……」

そんなつもりはなかったのだと伝えなくては。

そう思うのに、それ以上声が出ない。だって、本当に？　本当にそんなつもりはなかった？　思い上がっていたことは……否定できない。言われた通り、セリーヌは勘違いしてしまっていた。

セリーヌの唇に、答える必要はないとでも言うように、フレデリカの人差し指がそっと触れる。

「いいのよ。悪いのはルシアンよ。私は分かっているから」

「あ……」

「あなたは生贄。本当に可哀想《かわいそう》。でも大丈夫よ、私がなんとかしてあげる」

「……え？」

てっきり責められるのだと思っていたのに、フレデリカは優しく囁《ささや》きかけてくる。

……なんとかしてあげるとはどういうことだろうか。

言われた意味をうまく飲み込めないでいると。

「――何をしている」

ルシアンの、今まで聞いたことがないほど冷たく低い声がその場に響いた。

振り向くと、とんでもなく不機嫌そうに、険しい顔をした魔王がこちらを睨《にら》みつけて立っていた。

冷たく感じたあの儀式の時でさえ、ここまで恐ろしくは感じなかった。

セリーヌの全身からサッと血の気が引いていく。

（私が、フレデリカ様に会ってしまったから……？）

とにかく一刻も早く謝らなければ。そんな思いで慌てて頭を下げようとした。

「あ、ご、ごめんなさ――」

「セリーヌに触れるな」

気がつくとセリーヌは腕をぐいと引かれ、ルシアンの腕の中にいた。

謝罪しようとしたセリーヌを遮るようにして吐き捨てられた酷く冷たい言葉は、こちらではなくフレデリカに向けられている。

（ど、どういうこと？）

そんなルシアンの態度にも怯《ひる》むことなく、フレデリカは冷ややかに笑う。

「あら、私がセリーヌ様とお話しするだけでも気に入らないの？」

「当然だろう。あれほどセリーヌには近寄るなと言っておいたのに……！」

「だってあなたがその子に夢中だからっ！」

胸がずきりと痛む。ひょっとしてこれはいわゆる痴話喧嘩《げんか》というものなのだろうか。雰囲気も状況も違うのに、クラウドとエリザのやり取りが浮かんできて、苦しくなってしまう――。

しかし、話は思わぬ方向に進んだ。

「セリーヌ様が本当に可哀想だわ！　何度も言っているけどあなたみたいな男にとらわれて嫁になるなんて、生贄みたいなものよっ！」

「それは僕だって認めるさ！　セリーヌが望んで僕のところへ来てくれたわけじゃないことも知っている。だから振り向いてもらうように頑張ろうとしているんだろ⁉」

「今から頑張るならあんたじゃなくて私でもいいでしょっ！」

「いいわけないだろ！　セリーヌは僕の花嫁になるんだっ！」

（ちょ、ちょっと待って、本当にどういうこと……？）

セリーヌが戸惑っていると、言い争う声を聞きつけたのだろうか、メリムとシャルルも慌てた様子で噴水前にやってきた。

「ああー！　フレデリカ、メリムのセリーヌ様に近づかないでよっ！」

「メリム、言い方に気をつけなさい。あなたも陛下に叱られますよ」

フレデリカはぐるりと視線を巡らせ、その場にいる全員を睨みつける。

「なによっ、みんなしてセリーヌ様セリーヌ様って！　――私だってセリーヌ様とイチャイチャしたい！　セリーヌ様ぁ、こんな魔王みたいな男やめて私の花嫁になって！」

そう言うとフレデリカは突然セリーヌを抱きしめた。メープルシロップのような甘い甘い匂いがして、頭の中までとろけそうだ。

そしてルシアンは紛《まご》うことなき魔王様である。

一から十まで意味が分からなくて、セリーヌは大混乱だ。

しかし、これだけは聞かなくては、となんとかフレデリカの腕の中から顔を覗かせる。

「……あの、花嫁って、どういうことですか……？」

騒がしかった声が一斉に止《や》み、その場にいた全員の視線がセリーヌに集まった。

噴水の水の流れる音がやけに大きく聞こえる。

抱きしめていたフレデリカの腕の力が緩み、そこから抜け出すと、セリーヌはおずおずと言葉を続けた。

「だって、私は魔王様の生贄、ですよね……？」

「ぶはっ！」

その瞬間、フレデリカはお腹《なか》を抱えて笑い出し、ルシアンはその場に力なく崩れ落ちた。

「ぷぷっ、ぷあっはっは！　ほらー！　セリーヌ様も生贄だって思ってるじゃないー！」

「そ、そんな……確かにセリーヌからすれば生贄みたいなものかもしれないと分かってはいたが……」

本当にそんな風に思っていたなんて……実際に言葉にされると心臓が抉《えぐ》られる……」

メリムは泣きまねをしながら隣のシャルルに抱きつき、シャルルなどは本気で引いた顔をしていた。

「セリーヌ様が無慈悲っ！　えーん、シャルたん〜メリムこわ〜い！」

「さ、さすがの私もこれはルシアン陛下に同情を禁じ得ません……」

うずくまり頭を抱えていたルシアンは、ガバッと起き上がると、勢いよくセリーヌを抱きしめた。

ぎゅうぎゅうと、まるで縋りつくように抱きしめて。

「セリーヌ、確かに人間の君からしたら僕との結婚なんて生贄になるようなものかもしれない。僕自身もそう思う。でも儀式の時に言ったはずだ。今更引き返せないって！　セリーヌに好きになってもらえるように頑張るから、だから、だから僕のことを……捨てないでくれ！」

セリーヌはいまだ混乱していたが、とんでもない誤解があるようだということはなんとなく分かった。信じられない言葉がどんどん飛び出していて事態があまり飲み込めないが、とにかく一度きちんと話をしなければ。

潰《つい》えたはずの淡い期待が胸に湧き上がってくるのを感じつつ、セリーヌはそう思った。

苦しいほど強く抱きしめられながらも、それを恥じらう余裕もなく声を上げる。

「ま、待ってください！　あのっ」

「セリーヌっ！」

「ちょっと、あの」

「どうか聞いてくれ！」

しかしパニックになっているのはセリーヌだけではないようで、ルシアンがさらに言い募る。

「もちろん、君の心が僕を受け入れられるようになるまではちゃんと待つよ！　約束した通り、もう二度と焦って儀式をしようなんて思わないから！」

「いえっ、あの、そうではなくて……」

「ま、まさか、やっぱりどうしても人間界に帰りたいのか……？」

全然こちらの話を聞かずにどんどん絶望に染まるルシアンの声に焦りながら、セリーヌは叫んだ。

「と、とにかく！　一度私の話を聞いてくださいっ――！」


「――つまり、セリーヌ様は本当に生贄として魔界に送られてきたってこと……？」

フレデリカが目を丸くしながら確認する。

彼女だけではない。一緒に聞いていたメリムもシャルルも驚きにポカンとしている。

ルシアンに至ってはもはや石になったかのようにピシリと固まって全く動かなくなってしまった。

城内の部屋に戻り、セリーヌは本当に自分が文字通り生贄なのだと思っていたこと、というより生贄として人間界から送られてきたことを話したのだ。

どうかこれ以上すれ違いたくないのだと懇願するルシアンの勢いに負けて、魔界に来てから抱いていた気持ちも吐露する羽目になった。

あまりに優しく好意的に接してもらえることから、ひょっとして何か誤解があるのかもと思うことはあったものの、自分の間の悪さで結局は誤解し続けてしまったことも圧に負けて話してしまった。

「まあ……私たちも悪かったわ。まさかそんなことだとは思わず軽々しく生贄だなんて言葉を使ってしまったわけだし」

フレデリカが気まずそうに目を逸《そ》らしながら言う。

「メリムも、食べられちゃうとか、美味しそうとか、紛らわしい言い方しちゃってごめんなさい……本当に食べちゃうって意味で言ったわけじゃなかったの……」

メリムは本当に落ち込んでいるようで、とてつもなくしょんぼりしてしまった。

「私の言葉も不足していました。大変申し訳ございません」

丁寧に頭を下げるシャルルまで心なしか顔色が悪い。

立て続けに謝られて、そんなつもりはなかったのにと慌ててしまった。

「そんなっ！　私がいけなかったんです。みなさんは、ずっと私に温かく接してくれていたのに……」

誤解だったと分かると、こんなにも優しくしてもらっておいて、それが生贄として美味しくなるためだったと酷い勘違いをしていたなど、申し訳なくてたまらない。

フレデリカはうーんと唸《うな》り、首を傾《かし》げた。

「でも、そもそもどうして人間たちはセリーヌ様を生贄に送ってきたりしたの？」

はた、とセリーヌは気づいた。

自分は生贄ではなかった。食べられ命を落とすことはない。全ては誤解だった。それは分かったが、ならばあの貢ぎ物への要求はなんだったのか。

「それは、魔王様から要求があったからだと……」

「ええ？　ルシアン、生贄に人の命を捧《ささ》げろなんて言ったの？　最低」

「そんなことは言ってないっ！」

フレデリカの軽蔑の眼差《まなざ》しに、固まっていたルシアンが我に返って慌てて否定する。

「まさか、それならあの要求は誰が……？」

そもそも、ルシアンが生贄を望んだわけではないのなら、一番最初から話はすれ違っていたことになる。

「ねえねえ、その要求ってどんな感じだったの～？　人間食べたい！　みたいな感じ～？」

「いえ、そんは直接的な表現ではありませんでしたが……」

「では、具体的にはどのような要求だったのですか？」

「ええと、確か、『今年の貢ぎ物には、とびきり美しく生命力の強い花を所望する』だったかと」

「「「…………」」」

それを聞いた全員が無言になり、じとりとルシアンを見た。

当の本人は困惑顔でうろたえている。

「そ、それがなぜ、僕が生贄を望んだことになるんだ……？」

――なんだか、思っていた事態とは随分様子が違うようだと、さすがのセリーヌもすぐに悟った。

「ルシアン様のおばかー！　人間が魔族怖いのなんてメリムでも知ってるよっ⁉」

「それなのにそんなもったいぶった言い方、誤解されてもしかたないわよねえ……」

「陛下、花は乙女を表す言葉でもあります。これまで作物だけでなく家畜も送ってきていた人間に対してわざわざそのような要求。……私でも、若くて美しい乙女を望んでいると思いますね」

「そんな……」

口々に責め立てられて、ルシアンは顔を蒼白《そうはく》にしている。

そしてソファに座るセリーヌの足元に慌てて跪《ひざまず》くと、懇願するようにその手を取り自分の額に押しあてた。

「信じてくれ、セリーヌ！　僕は誓ってそんなつもりで水晶にお願いしたわけじゃないんだ。ただ、なぜかいつも人間が毎年色々送ってくれるから、それならば欲しいものをお願いしてもいいのではと、そんな気持ちで……」

どうやら人間に要求を伝えたのはルシアンの独断だったらしく、他の三人は知らなかったようだ。

ルシアンの必死な姿に呆《あき》れたようにお互いの顔を見合わせている。

誤解なのは分かったが、今のうちに気になることは全て明らかにするべきだろうと、セリーヌはルシアンの手を包み、顔を上げるように促した。

「では、あの要求は本当はどんな意味だったのですか？」

「あれは本当にそのままの意味だ。魔界ではなかなか花が咲かない。だから、人間界の生命力の強い花を送ってもらえば、魔界でも育てられないかって……その、本当にそのままお願いしたつもりで……」

まさかそんな意味でとられるなんて、とルシアンは項垂《うなだ》れた。

セリーヌとしても要求についての思わぬ真実にあっけにとられてしまう。

（人が、魔王様を、魔族を勝手に恐れすぎていただけなんだわ……）

同時にホッと安堵《あんど》も感じていた。

今日まで魔界で過ごしてきて、セリーヌが見ていた温かで優しい魔族たちの姿が真実だったのだと。

おまけにきちんと話を聞いてみると、どうも毎年の貢ぎ物も人間の方が勝手に恐れて自ら送っていて、魔族としてはせっかくもらえるならば、とありがたく受け取っていただけにすぎないようだった。

しかしそうなると、今度は別の疑問が浮かんでくる。

「では、私が魔王城に現れて、さぞ驚かれたのではないですか？」

そう、ルシアンとしては花を望んでいたはずなのに、送られてきたのは人間のセリーヌだったわけである。

(そのわりに、魔王様は怒るでも不思議がるでもなく、すぐに私に名前を聞いてくださったのよね)

その質問に、なぜかルシアンは眉尻を下げ、顔を赤く染めた。

唇をわななかせ、言葉に詰まっているようである。

「もちろん、驚いたとも。あの瞬間は夢を見ているのか、そうでなければ幻覚かと思って呆然《ぼうぜん》としていた。それでも、とにかくまずは君が夢でも幻覚でもなく本物なのかを確かめなければと、なんとか名前だけを聞いて……」

セリーヌはその言葉に瞬《まばた》いた。そう言われてみれば少しだけ思い当たることがあったのだ。

(ひょっとして、あの時冷たい無表情で威圧的に見えた魔王様は、驚いていてそのような反応になってしまっただけだというのかしら？)

もう少しはっきりと詳しい話を聞きたいと思うセリーヌだが、ルシアンは目を泳がせて続きを話そうとはしない。

　代わりに、メリムが「あっ」と何かを思い出したように声を上げた。

「そうそう、ルシアン様、セリーヌ様が魔界に来てくれてびっくりしちゃったメリムたちに、とってもはしゃいで言ったんだよねえ。奇跡が起きた！　こんな幸運があってもいいのか！　って～」

「メリム！」

　慌ててメリムを制すルシアンをよそに、シャルルが続ける。

「その後すぐに、私に急いで儀式の用意をするようにと言いましたね。彼女の気が変わらないうちに早くしなければと。そうそう、儀式の時にも陛下は見たことがないほど緊張されていましたね」

「ねえ、私だけ儀式に呼ばれなかったこと、怒っているんだからね！　あーあ、綺麗に着飾ったセリーヌ様を見たかったし、ガチガチに顔を強張《こわば》らせたルシアン、私もこの目でしっかり見て馬鹿にしたかったたな～」

「シャルル、フレデリカ……お前たち……」

　フレデリカが追い打ちをかけると、ついにルシアンは頭を抱えてしまった。

　目を白黒させながらも、セリーヌの頭に疑問が浮かぶ。そういえば、生贄にされること自体が誤解だったのならば、儀式とは一体なんなのだろうか。

　そこでふと、儀式の時に感じたことを思い出す。

　まさか——。

「……僕はセリーヌが、僕の気持ちを知ってお嫁に来てくれたんだと思ったんだ。だから嬉しくて舞い上がって、おかしいだなんて思いもしなかった」

　肩を落とすルシアンの言葉は、信じられないものだった。

（私がお嫁に来たと思ったたって、どういうことなの……そもそも、僕の気持ちって、なに？）

「種族が違うから儀式の中で僕の魔力を体に馴染《なじ》ませて、僕の、花嫁にする。……あの儀式は、人間で言うところの結婚式だよ、セリーヌ」

　ルシアンは頬を染め、上目遣いで恥じらいながらそう告げた。あまりの衝撃に、セリーヌはくらりと眩暈《めまい》がした。座っていなければ倒れていたかもしれない。

（確かに、まるで結婚式みたいだとは思ったけど……！）

　だが、まさか本当に結婚式だったなどと誰が思うだろうか。

　聞きたいこと、確認したいことはまだまだあった。あったはずなのに、今は何も思いつかない。

　だって、ルシアンの話が本当なら、今までの彼の言葉や態度は――。

　ルシアンは優しくセリーヌの手を両手で掬《すく》い上げると、覚悟を決めるようにこくりと喉を鳴らした。

「セリーヌ。僕はたくさん間違ってしまっていたんだね。本当にすまない。君をどれだけ怖がらせただろう。けれど、どうか信じてほしい。僕は君のことが心から大好きなんだ。……ずっと、ずっと前から……」

　セリーヌは息をのむ。真っ直ぐにセリーヌの目を見て告げられた、真摯な言葉。

（それじゃあ本当に、今までの魔王様の言葉や態度は、全て、私のことを想《おも》ってくれていたからということ……？）

一気にそのことを実感して、カッと顔に熱が集まる。

「あ……」

何か言わなくては。そう思うのに言葉が出てこない。頭が真っ白で、沸騰したように熱く、クラクラしている。

そう、クラクラと——。

「……セリーヌ⁉」

「きゃあ！　大変だわ！」

「わあん！　セリーヌ様っ！」

「陛下！　早くセリーヌ様をこちらへ！」

慌てる声が遠くで聞こえ、体が抱き上げられるのが分かったが、力が入らない。

どうやらセリーヌはあまりの出来事にまた気絶してしまったようだった。

（魔王様が、私のことを……。——でも、ずっと前からって、どういうこと……？）

そして今度こそ意識は夢の中に落ちていった。

◆◇◆◇

時は少し遡る。

バレンス侯爵家では、執事が深々と頭を下げ、待ち望んでいた知らせを届けていた。

「クラウド様、無事に生贄は魔界に送られたと、先ほど神殿から通達がありました」

「そうか」

ゆったりと一人掛けのソファに座り、報告を聞きながらクラウドは安堵した。

まだ昼にもなっていない時間だが、その手にはお気に入りの果実酒の入ったグラスが握られている。

勝利の美酒だ。

――これで、やっと全てが終わった。

生贄が誰であるかは、公にはされない。

人一人いなくなるわけだから、すぐに知られることにはなるのだが、生贄の名誉のためと銘打って正式な公表はないのである。

しかし、クラウドは誰が生贄になったかをよく知っていた。

クラウドは自らのことを愛に生きる男だと自負している。

守るべき愛のためならば、どんな非道なこともできると。

それでも、微塵《みじん》も気持ちのない相手に優しく機嫌を取って、気のあるふりをして、嫌悪を顔に出さずにいるのは骨が折れることだった。

(だが、それもついに終わったんだ)

なかなか思惑通りに事が運ばず、最近は忙しかった。

なるべき人間が生贄になるよう、裏から手を回し続け、それとなく誘導し、やっと手筈《てはず》が完全に整ったのはギリギリのタイミングだった。

そのせいでここしばらくは愛する彼女ともなかなか会えずやきもきしていたのだ。

本当は神殿が生贄を迎える時間が過ぎた後、すぐに彼女の元へ会いに行きたかったが、さすがにそれは自重した。

クラウドが内心はどう思っていようが、表面的にはそれなりに良好な関係を続けていたのだから、少しぐらいは悲しみのポーズをとる必要があるだろう。そうでなくては、この後に愛する彼女と幸せになる際、周囲からの視線が厳しいものになってしまってはたまらない。

(今からでもすぐに会いに行きたいところだが、明日までは耐えるか……)

まだ細々とした問題は残っているが、一番の懸念は消えた。あとはどうにでもなるだろう。

——本当に長かった。

本来のクラウドはなにも悪人というわけではない。

ただ、守るべきもののためには手段を選べなかっただけだ。

もう心を鬼にする必要もなくなり、解放感に溢れていた。

(すぐにこの別邸に移って、彼女を迎え入れようか。そうだ、そうしよう。もうひとときも離れていたくはない)

愛《いと》しい人の喜ぶ顔を思い浮かべて、クラウドはこれからの幸せに思いを馳《は》せる。

しばらくすると、屋敷の中がにわかに騒がしいのに気づいた。

(なんだ？　来客か？　それにしては騒がしいな。揉めているのか？)

面倒な客ならば、自分が出た方がいいだろう。

そう思い、エントランスへ向かおうと立ち上がった時だった。

部屋の扉がノックもなしに開かれ、無作法に驚いた瞬間、クラウドの胸には一人の女性が飛び込んできた。

「クラウド！　ああ、私うれしいっ！」

甘えを含んだ声。淡いミルクティー色の髪が揺れ、クラウドの頬を撫《な》でる。

――エリザだ。

「エ、エリザ……!?　どうしてここに」

少し前のことだ。

今は皆が敏感になっているだろうからしばらくは会わない方がいい。

生贄が魔界に送られ、ほとぼりが冷めた頃に正式に婚約を申し込みに行く。

だから、私が迎えに行くまで楽しみに待っていてくれ――。

クラウドはそうエリザに告げていた。

「来ちゃってごめんなさいっ！　でも、どうしてもクラウドに会いたくて、私、我慢できなくて……」

しかしクラウドが動揺しているのはエリザが自分に会いに来たせいなどではない。

「クラウドのことは信じていたけど、私やっぱりずっと不安で……でもこうして約束を守ってくれて本当に嬉しいわ！」

エリザは嬉しそうに何か話し続けているが、クラウドの耳には全く聞こえていない。

なぜならば、エリザがここにいるわけがないのだから。

クラウドは、確かにエリザが――生贄に選ばれるようにした。

クラウドは、婚約者であり恋人であるセリーヌのことを心から愛していた。

その愛は時間が経《た》つにつれどんどん大きくなるばかりだ。

それこそ、セリーヌを守るためなら、真綿に包《くる》むように大事に、平穏に過ごせるようにするためならば、どれほど酷いこともできるほど。

そんなクラウドが誰よりも非道になれる相手、それがエリザだった。

生まれた時からの幼馴染《おさななじみ》。互いの母親が知り合いで、特にエリザの母親がクラウドの母を慕っていた。

その縁で確かに小さな頃から両家の屋敷を行き来し、ともに過ごすことが多かった。

クラウドにとってはただそれだけだ。

しかし、エリザは違う。

見目麗しく、優しく王子様のようなクラウドと自分。クラウドと関わりのあるエリザをうらやむ周囲の声。小さな頃から何度も会ううちにそれを自身の特権なのだと感じるようになり、いつしかその関係は運命で結ばれているのだと思うようになった。

夢見がちな令嬢のありがちな勘違い。ただ、夢を見ているだけならばよかったのだ。

エリザとの出会いよりは後だったが、クラウドとセリーヌもまた子供の頃に出会い、婚約は結ばれた。

だからエリザもいつかは現実に気づく時が来るはずだ。

しかしエリザは夢が覚めることを絶対に許さず、現実と夢の齟齬《そご》を排除しようとした。

あちこちで意味ありげにクラウドのことを含みのある話し方で語ってみたり、セリーヌの悪評を流そうとしてみたり。

愛するセリーヌの前でまるで自分が恋人であるかのようにべたべたと触れてきたり、親しげに振舞ってきたりした時には殺意すら湧いた。

（俺の愛するセリーヌを少しでも傷つけるならば、幼馴染だからという情けも何もない）

むしろ幼馴染という肩書きも名ばかりのものだと思っているクラウドからすれば、エリザの存在は悩みの種でしかなかった。

だから両親にも自分の思いを打ち明け、エリザを自分から遠ざけたいと願った。それを聞いた母もエリザの行動を不快に感じ、エリザの母との付き合いをやめた。元々自分をあまりに慕うから受け入れていただけの関係だった。

それで少しは自重するかと思ったが、エリザはエスカレートした。たくさんの男に女として色目を使い、自分にも媚《こび》を売りながら隙あらばセリーヌを傷つけようとする。

いつの間にか嫌悪を超えて憎悪すら抱くようになっていた。

逃れられない醜悪な執着。

――魔王が生贄に乙女を望んだのを聞いて、これしかないと思った。

だから、クラウドは最後にひと芝居打つことにした。

エリザが油断して、自分の思惑通りに動くように。

それはとても簡単なことだった。

確実にエリザが生贄に選ばれるように。言葉だけで期待させ、決して対象外になってしまうことのないように、抜け道のための仮の婚約も結ばないように約束を与え、自らも手を回しエリザの信奉者である馬鹿な男が無理にでも婚約できないように阻止した。

(セリーヌに会えないことは辛《つら》かったが、少しの辛抱だ。これさえすめば、その後にはなんの憂いも残らないのだから)

あとは時を待つだけで良かった。無事に生贄が魔界に送られたと聞いて達成感すら覚えた。

今頃エリザは自分を恨みながら生贄として魔界に降り立っているだろう。

そう思っていたのに――エリザはここにいる。

(待て。それなら、誰が生贄になった……？)

「きゃっ！　クラウドっ!?」

嫌な予感がする。

クラウドはエリザを突き放し、わきめもふらずに屋敷を飛び出した。


馬に飛び乗り、クラウドが向かった先はアレスター伯爵家だ。

ここ数ヶ月足を踏み入れていなかった伯爵家。

次に来るのはセリーヌを迎えに来る時だと思っていた。

そんなはずがないと思いながらも、胸騒ぎと冷や汗が止まらない。

馬を下り門へ近づくにつれて、屋敷の庭の方から朗らかな笑い声が聞こえてきた。

そのことに肩の力が抜ける。

（——ほら、やっぱり勘違いだ。そんなわけがないんだから）

エリザが生贄にならなかったことで自分の描いていた未来に多少障害が残ってしまうことになるが、それはもはや仕方ないことだ。

これからのことはまた新たに考えていけばいい。

（こうなったらもうこのままセリーヌのところへ行こう。今日のうちに彼女を連れ帰るのは無理かもしれないが、早く彼女を迎えたいと考えていることを話して安心させてやりたい）

荒くなっていた呼吸と乱れた衣服を整え、打って変わって明るい気持ちで門へ近づいていく。

伯爵家の門前には二人の門番が立っているが、クラウドはどちらも顔見知りで、セリーヌを慕う彼らとはいい関係を築けている。

いつか、万が一どうしようもない事態に陥ってセリーヌを連れ出すことになった時には協力してくれるようにと約束もしているほどだ。

（できればそんな強硬手段をとらずとも憂いなく伯爵家を出て我が屋敷に迎えたいところだが……）

そんなことを思いながら近くまで辿り着くと、門番がクラウドに気がついた。

そして、クラウドと目が合った瞬間、その顔色が変わった。

（なんだ……？）

戸惑うクラウドをよそに、二人のうちの一人がさっと屋敷へ入っていく。

まさか、セリーヌに何かがあったのだろうか。

残った方の門番はクラウドが言葉を発するより先に頭を深々と下げ「しばらくお待ちください」と言った。いつもならば笑顔を見せ、雑談の一つでもかわすのに、どこか緊張感すら漂っている。

言われた通りに待つしかなかったクラウドの元に現れたのは、セリーヌではなく彼女の従兄《いとこ》であるマイロだった。

妹のジャネットの非常識な振る舞いがきっかけで疎遠になり、今では顔を合わせても最低限の挨拶を交わす程度の仲でしかないが、彼とはクラウドも友人だった。

しかし、クラウドを見るマイロの顔は強張っている。

「何をしに来たんだ、クラウド」

声には棘《とげ》があり、明らかに歓迎されていない。

まさか、今になってセリーヌを隠そうとしているのだろうか。

……マイロが実はセリーヌに対して淡い想いを抱いていることをクラウドは知っていた。

ジャネットやナタリエ夫人に逆らえない程度の、クラウドに言わせれば本当に取るに足らない、ささやかなものではあるが。

「何をしにって、我が婚約者に会う以外に俺がここに来る理由はないだろう」

クラウドの言葉を聞いて、マイロは嘲るように鼻で笑った。

この男がこんな風に笑う姿は初めて見た気がする。

「そうやって、自分に罪がないように振る舞おうって魂胆か？」

「なんのことだ？」

「しらじらしい！　セリーヌとは二度と会うことがないとお前が一番分かっているだろう」

「待て！　本当に、一体どういう意味だ⁉」

落ち着いていた心臓の鼓動が再び激しくなっていく。嫌な予感がする。

指先が冷え、血の気が引きながらも、クラウドはマイロへ掴みかかった。

「お前のせいでっ、お前のせいでセリーヌが生贄になったんだろうが！！」

叫ぶような言葉にクラウドは止まる。

まだマイロは声を荒らげていてクラウドに掴みかかってくるが、クラウドは反応ができない。

呆然としているうちに顔を殴り飛ばされ、抵抗もできずに地面に転がっても、まだ信じられなかった。

「セリーヌが、生贄になった……？」

門番に取り押さえられたマイロは見たこともないほどに激高している。

「俺はお前だから、セリーヌとお前が想い合っていると思っていたから何もしなかったんだ！　それなのにどうして彼女を裏切った！　こんなことなら、こんなことなら俺がどうにかして、家を捨ててでもセリーヌを攫《さら》ったのに……！」

大声を上げていたため、騒ぎに気づいたナターリエ夫人とジャネットが門の方へ現れた。

殴り飛ばされたクラウドと、怒り狂うマイロに悲鳴を上げて立ちすくんでいる。

「どういうことだ！　分かるように説明しろ！　俺が彼女を裏切った⁉　そんな馬鹿な！　それにセリーヌが生贄になったなんて、そんなわけがないだろう！　婚約者がいる令嬢は選ばれない！」

そう反論しながらも、頭のどこかで考えていた。

エリザは生贄にならなかった。それならば、誰が生贄になったのだ。

（セリーヌのわけがない。セリーヌのわけがないんだ……！）

しかし、非情にも現実がマイロによって突きつけられる。

「お前とエリザのことを知ったセリーヌが、婚約破棄書を作り上げて自ら生贄になりに行った……！」

「は……」

「まだ分からないのか？　お前らが抱き合って、お前がエリザを婚約者に迎える約束をしているところをセリーヌは見てしまったんだ！　お前の策略で生贄にされるくらいならばと、自ら生贄になることを選んだんだ！」

頭が真っ白になっていく。

目の前の男が何を言っているのか分からない。

「俺の家族も最悪だ。生贄になると言うセリーヌに喜んで、彼女がいなくなった今日にもまるで祝うかのように笑いながらお茶を飲んでいる。俺が、俺がいれば決して行かせなかったのに……」

マイロの言葉に、さすがのナタ―リエ夫人とジャネットも気まずそうに視線を逸らしている。

まさか、本当のことだというのか。

「せめてお前が誠実で、すぐにセリーヌとの婚約を解消していれば俺が婚約者になることだってできた。彼女が俺を拒んでも、生贄が決まるまでの間だけでもよかったのに……」

マイロも、彼を押さえている門番も泣いている。

「——お前、わざとセリーヌが生贄になるように計画したんだろう」

「ち、が……っ」

「そうじゃなきゃ、こんな悪質なことができるかよ。そんなにセリーヌが邪魔だったのか？」

そうじゃない。クラウドが邪魔だったのはエリザだ。生贄にしたかったのもエリザだったのに。

エリザを生贄にするためにとった行動が、愛するセリーヌを生贄にしてしまった。

「俺は、セリーヌを、セリーヌだけを愛して……まさか、そんな、セリーヌが生贄だなんて、そんなわけが」

ガタガタと震え始めたクラウドに、マイロも呆然と立ち尽くす。

「お前、まさか……？　嘘だろ？」

セリーヌは生贄になった。もう二度とクラウドの元へは戻らない。

絶望の底に叩《たた》き落とされたクラウドには、もう何も考えられなかった。

第三章◆魔界に来られて良かった

「セリーヌ、よかったら今日は僕と……デートしてくれないか？」

いつものように朝食をともにしていると、ルシアンがそう切り出した。

「デート、ですか？」

たったそれだけでセリーヌの頬はポッと赤く染まりうろたえている。

向き合い、照れ合っている二人を前に、メリムが「わあ」とはしゃいだ声を上げた。

「セリーヌ様、可愛《かわい》いっ！　お顔真っ赤っかだよ～？　ね、シャルたんっ！」

「しっ！　メリム、お二人の邪魔をしてはいけませんよ」

初々しいことこの上ない二人を生暖かい目で見守る魔族たち。

セリーヌが恥ずかしさに耐えかねて気絶したあの日から、ルシアンとセリーヌの二人はずっとこのような調子だった。

セリーヌはそっと目の前に座るルシアンを見る。

ブルーグレーの瞳はうろうろと彷徨《さまよ》い、気持ちが落ち着かない様子が見てとれる。緊張しているのだ。

「あの、私も魔王様とデート、したいです」

恥ずかしさを押し込めて返事をすると、うろついていた瞳がパッとセリーヌの方を向き、その表情は一気に明るくなった。

「よかった、ずっと城の中で過ごしているから、今日は一緒に城下へ出かけよう」

「はい！」

（城下……そうよね、魔界は何もこの魔王城だけじゃない。魔族の民たちはどんなふうに過ごしているのかしら？）

民の暮らしを想像しながら、ルシアンと出かけることを想像する。セリーヌが思わず微笑《ほほえ》むと、それだけでルシアンは少し嬉《うれ》しそうな表情を浮かべた。そしてそれを隠しもしない。

「君の笑顔を見ることができて嬉しい。楽しみだ」

嬉しそうな顔で、嬉しいと言われて。

ストレートなルシアンの言動に、つい顔に熱が集まってしまう。

あの日、セリーヌが意識を飛ばしたことでルシアンの告白への返事はできないままになっていた。

目を覚ました後、どうすればいいのだろうかと頭を悩ますセリーヌに、ルシアンは「すぐに返事はいらないから、僕と仲良くしてほしい」と穏やかに告げたのだ。

セリーヌとしても、生贄《いけにえ》のつもりで魔界に来たのに結婚相手として見られていたなどとあまりの驚きで、今は少しゆっくり気持ちを落ち着かせたいという思いが強いため、ルシアンの優しさはありがたかった。

――セリーヌは最近改めて考えていることがある。

神託にあった滅するべき悪しきものは、きっとルシアンではないだろうということ。

聖女の伝説で語られる、一番の悪はたいていが魔族、魔王のことだった。

だからセリーヌも自分に与えられた使命は魔王を殺すことだと思っていたが、伝説や言い伝えが全て正しいとは限らない。

そもそも魔族や魔王様は言い伝えではいつも残虐で冷酷で、こんなにも優しく温かな人たちではなかったのだから、その時点で間違っている。

本当の彼らは悪と呼ばれるものとはとてもじゃないが結びつかない。

(私が滅するべき悪が何かが今はまだわからないけれど……こんな温かな魔王様や魔族のみんなであるはずがないわ)

ルシアンが自分と口づけても死ななかったことが何よりの証拠なのではないだろうか。

(だから……私は、魔王様のことを拒絶しなければいけないわけじゃないのよね)

セリーヌはそっと胸に手を当てる。

心臓がドキドキと高鳴っているが、儀式の時に感じた恐怖によるものとは全く違う。

セリーヌはルシアンのことを好ましく思うようになっていた。

あんなに真っ直《す》ぐに好きだと全身で伝えられて、こんなに大事に優しくしてもらえて、なんとも思わないでいる方が無理な話だった。

もしも、本当に聖女が滅するべき対象が魔族ではないとしたら。ルシアンと結ばれるかどうかは置いておくとしても、人間と魔族が友好関係を築くことは可能なのではないか。生贄としてやってきたのに大事にしてもらえているセリーヌこそ、その架け橋になることができるのではないか。

貢ぎ物を捧《ささ》げることすら、魔族側が強制しているわけではないということが分かった。魔族は人間を蔑んでもないし、敵対心を抱いてもいないと分かった。それを伝えれば、セリーヌが元気に笑って過ごしている姿を見せれば、今は魔族に怯《おび》えている人間側からの魔族への認識も変えられるかもしれない。

セリーヌはそんなことを考えるようになっていた。

(でも、なんにせよ私がもっと魔界に馴染《なじ》んで、魔界や魔族のいいところをたくさん知ることが先よね。伝えるということは、そのことをよく知っていなければできないもの)

そして、恐らくそれは難しいことではない。

「デート……すごく、楽しみだわ……」

部屋に戻りメリムに髪を結ってもらいながらポツリと呟《つぶや》くと、小さな独り言だったものの、メリムの耳には届いたようで。

彼女は嬉しそうに笑みを浮かべると、えへん！　と豊満な胸をはった。

「セリーヌ様とルシアン様の初めてのおでかけだもん！　メリムがうんと可愛くしてあげるねっ！」

行き先が城下なので、いつものドレスとは違い町娘風のワンピースが次々用意されていく。それをああでもないこうでもないとセリーヌの体に当てながら、メリムは真剣な顔でコーディネートし始めた。

ちなみにどうやらドレスもワンピースも、魔界と人間界ではさほど違うものではないらしい。

すっかりメリムのセンスを信用しているセリーヌはされるがまま身を委ねている。

叔父家族に馴染むことができず、アレスターの屋敷で居心地悪く暮らしていたセリーヌにとっては、こうして心から信頼を寄せ、全てを任せられるという体験も久しぶりのことだった。

(なんだか、お父様とお母様が生きている時の幸せな生活を思い出すわ……)

ずっと、それを自分に与えてくれるのは婚約者であるクラウドなのだと思っていた。

描いていた未来は全てなくなったのに、今こうしてセリーヌは穏やかな幸せを感じることができている。

(全部……魔王様のおかげ、よね)

よく考えれば花の代わりに間違えてセリーヌが魔界に送られてきた時点で、そのまま人間界に送り返されていてもおかしくはなかったのだ。全ては自分を望んでくれたルシアンのおかげだとセリーヌは感じていた。

あれほど怯えてやってきたこの魔界。けれど、ここにセリーヌを傷つけるものは誰一人としていない。

(私……魔界に来ることができて、魔族のみんなに、魔王様に、出会えてよかった……)

「ああ、セリーヌ。君はどんな服を着ても可愛いね……！　いや、どんな服でも君が着るとその瞬間に世界で一番素敵な召し物に大変身だ。絵師もデザイナーも音楽家も、ここにいればどんな芸術家も君をミューズと呼ばずにいられないだろう。罪な僕の天使」

「あ、あの」

ルシアンはシンプルなワンピース姿に着替えたセリーヌをうっとりと見つめ、早口でまくし立てた。なんかすごいことを言っている。仮にも魔族の王様が褒め言葉に「ミューズ」とか「天使」とかを使うのはどうなのだろうか？　と不思議に思うが、普通に言っているのでアリなのだろう。

これは真剣に取り合っていてはセリーヌの心臓が持ちそうにない。

（そういえば……）

セリーヌはふと気になることを口にしてみた。

「あの、私が魔界に来てすぐの頃から私にぴったりのドレスや靴がたくさんありましたよね？　このワンピースもそうですし……」

ルシアンが本当に貢ぎ物に望んだのは花だったわけで。セリーヌが魔界に送られてくることは知らなかったはずなのに、すぐにサイズの合ったドレスや靴が用意されていた。普通に用意していたら到底間に合わなかったのではないだろうか。

魔族が人間よりも多彩で高度な魔法を扱えることは誰でも知っている。ひょっとすると、セリーヌには思いもよらないような魔法でそんなことが可能なのかもしれないと、ちょっとした好奇心で聞いただけだったのだけれど。

なぜかルシアンはぴたりと動きを止め固まってしまった。

セリーヌが不思議に思っていると、メリムが「よくぞ聞いてくれました！」とばかりに笑みを浮かべて告げる。

「セリーヌ様が来るよりずっと前から、ルシアン様が用意してたんだよ～！」

……ものすごく引っかかる言い方である。

「私が来るより、ずっと前からですか……？」

「メリム！」

ルシアンが悲鳴のような声を上げる。

「あれ？　メリム、ひょっとして言っちゃいけないこと言っちゃった？」

どういうことだろうか。セリーヌが魔界に来たのはただの偶然で、ルシアンもそう言っていた。

けれど今の話ではまるで、こうならずともセリーヌを迎える準備をしていたような言い方だ。

まずいことをした！　と言わんばかりのメリムの首根っこをむんずと掴《つか》みながら、シャルルが微笑む。

「まあ、細かいことはいいではないですか。大事なのはセリーヌ様がこんなにもお美しいということです。そうですよね、陛下？」

なんだかとんでもない誤魔化し方をされている気がするのはうがちすぎだろうか。

しかしルシアンはその言葉を聞くと気まずそうな表情をころっと変えて、きりりと凛々《りり》しい顔になり。

「当然だ――シャルル、魔界で一番腕のいい絵師は誰だったかな？　いや、絵だけじゃこの世の幸福を表現するにはとても足りないな。セリーヌのための曲も作りたいし、この繊細な魅力を伝えるのにふさわしい音楽家は……」

……まずい。話がおかしな方向に戻っていってしまった。

「魔王様！　私、城下に一緒に行けるの、すっごく楽しみです！」

本来の目的を忘れて本当に絵師や音楽家を呼び出しそうなルシアンに、セリーヌは慌ててその腕にそっと手を添える。

途端にハッと我に返ったルシアンは嬉しそうに表情を緩め、セリーヌの手を優しく掬《すく》い上げた。

「そうだな。行こうか、セリーヌ」

「はい！」

セリーヌはこれまでも自由に過ごすことができていたけれど、それは広い魔王城の中やその敷地内でのこと。城外に出るのは初めてだ。むしろ魔界に来たばかりの頃は、自分はすぐに死ぬと思っていたので、城下におりて魔族の民の暮らしを見ることができるなど思ってもみなかった。

（どんな感じなのかしら……。やっぱり、魔王様に対して畏怖で溢《あふ》れている？　魔界に来るまでのイメージとしては城下も殺伐として、不穏な空気が漂っているものだと思っていたけれど）

きっとそんなはずがないだろうということはもう分かっている。

「――分かっていたけれど……さすがに想像と違いすぎるわ……」

馬車の窓から外を覗《のぞ》きながら、セリーヌは思わず口にしていた。

今通っているのは人の行き来が多く、にぎやかな広場の近くだった。

見える範囲でもいくつもの露店や屋台などが並んでいる。

印象としては、明るい。とにかく明るい。

人で溢れているのに、誰もが笑みを浮かべている。歩きながら一緒にいる相手と楽しそうに話し、店員は通りすがりの誰かに朗らかに声をかける。小さな子供が大人にぶつかり、セリーヌが「あっ！」と思った次の瞬間には、数人の子供たちが現れてその子の心配をしていた。ぶつかってしまった子も笑顔で「大丈夫だよ、ありがとう」と答えている。

しかしやはりここは魔界。肌の色が緑色や紫色だったり、鱗《うろこ》がついていたり、額から立派な角が伸びていたりする人もいる。見たこともないような生き物を連れて歩いている人も。あれは魔獣だろうか？　荷車を引いているのも普通の馬ではないようだ。途中で見かけた厩舎《きゅうしゃ》のような場所や放牧場には翼の生えた馬型の魔物らしきものもいた。

視界に映るものは見慣れないものも多い。けれど、他は人間界と全然変わらなかった。

（ううん、人間界より明るくて楽しげなくらいだわ）

いや、他にも大きく違うことがある。

それは街行く人々が当たり前のように魔法を使っていることだ。

ちょっとした金物店ではサービスなのか、受け取りの際に刻印をしている人もいる。その刻印もその場で店員が手をかざし、ボウッと光ったかと思えば文字が刻まれている。

ジュースを売っている店ではその場で作り出した氷を足して手渡してくれているし、店によっては商品を並べるスペースを広めにとり、客と少し離れた位置に立っている店員が商品や金銭のやり取りを魔法で行っていた。

そもそも露店には魔道具を扱っている店もちらほらと見受けられる。

人間界ではこうはいかない。そもそも魔力を日常遣いできるほど持っている者などあまりいない上に、神官や魔法士など職業としている者以外は魔法が使えない。セリーヌだってそうだ。一応貴族の子息は生まれてすぐに神殿で受ける洗礼の儀式の際に健康状態や魔力量も鑑定することになるが、魔法を扱えるほどの量はなかった。神託をもらい聖女になったとはいえ、魔力と聖力はどうやら別物らしく、こっそり試してみたものの、魔法が使えるようになっているなんてこともなかった。

とにかく、平民や一般人がこうして当たり前に魔法を使うなど、魔界ならではの光景だろう。

予想以上の明るい雰囲気と、馴染みのない魔法が飛び交う空間にセリーヌはほうっと息をついた。

気分も高揚していく。

「セリーヌ？　どうかしたか？」

先に馬車を降りたルシアンがエスコートのために手を差し出しながら、優しい顔でセリーヌを見つめている。

「いいえ、ありがとうございます」

セリーヌはその手を借りて、そっと馬車から降り立った。

ルシアンの隣を歩いていると、人々が声をかけてくる。

「陛下ー！　このりんご、持っていってください！」

「こっちの肉もどうぞ！　今焼きたてなんです！」

「まおうさま、そのお姉ちゃんだあれー？」

「おや！　こんなことは初めてだね！　デートかい!?」

「陛下が……見たことない顔で笑ってる……！」

誰もがルシアンに敬愛を抱いているのを感じる。そしてそこに畏怖や怯えは微塵《みじん》もない。

セリーヌは広場を見渡した。

笑い声と活気で溢れた空間。

（ここが、魔界。魔王様が統治する国……）

きっとルシアンが国を愛しているからこそ、こんな風に誰もが笑顔の国を作ることができるのだ。

その時、視線の先で小さな子供が転ぶのが見えた。

「セリーヌ？」

ルシアンから離れ、セリーヌは自然とその子の方へ歩み寄っていく。

転んだ男の子の側《そば》にしゃがむと、声をかけた。

「大丈夫？　立てるかな？」

「うう……足が……」

涙目で訴える男の子の膝が擦りむけている。

セリーヌはその膝にそっとハンカチを巻いてやり、「はやく治りますように」と優しくおまじないをかける。

途端に男の子の潤んだ瞳が輝き、パッと明るい笑みを浮かべた。

「お姉ちゃんすごい！　もう痛くないよ！」

「まあ。それはよかったわ」

そのあまりに早い変化にセリーヌはくすりと笑う。

（子供騙《だま》しのおまじないだったけれど、元気が出たみたいでよかった）

自分を嬉しそうに見上げる男の子を見て——ふと、遠い昔の思い出が蘇《よみがえ》る。

いつだったか、まだ幼い頃にクラウドと二人、街に遊びに出かけた時のこと。

（あの時は確か季節の花が見頃だと聞いて植物園に行こうとしていて、途中でこんな風に……）

その時は、傷ついた動物だった。怪我をして血を流しているのを見つけて、ハンカチを巻き、今のようにおまじないをかけてやったことがある。

あれはどんな動物だっただろうか。もう随分前のことで、あまり思い出せないけれど。

すぐに飼い主らしき少年がやってきて、嬉しそうにお礼を言われたことは覚えている。

それから……飼い主と動物と別れた後、クラウドが自分の手を握り、微笑みながら言ったのだ。

『セリーヌは本当に優しくて心まで綺麗《きれい》なんだね。そんな君が大好きだよ』

そして、握った手を引き寄せ、手の甲にキスをしてくれた――。

あれがクラウドに受けた初めてのキスだった。

唇への口づけはしたことがなかったけれど、確かにクラウドは愛情もって接してくれていたように思う。

全てはまやかしだったのかもしれないけれど、セリーヌは幸せだった。

「お姉ちゃんは天使様なの？」

男の子の言葉でハッと我に帰る。

キラキラと輝く純粋な眼差《まなざ》しを受けて、セリーヌは考えた。

（魔界で天使様って、どういう感覚なのかしら……？）

ルシアンも気軽にほめ言葉で使っていたが、なんとなく天使や神と魔族は相反するイメージがあるため、つい首を傾《かし》げてしまう。

この男の子も悪い意味で言っているわけではなさそうなものの、そんな風に少し意識がとられているると。

「この人は天使じゃなくて、僕の大事な人だ」

いつの間にかセリーヌの後ろにいたルシアンが、男の子にそう声をかけた。

（大事な、人って……）

思わずルシアンを見ると、ルシアンもこちらを見ていて目が合った。いつもセリーヌの前では恥じらっているような、落ち着かないような素振りを見せることも多いのに、今のルシアンは本当に慈愛に満ちた目でこちらを見ていて。その瞳にどことなく色気まで含まれていて、セリーヌはついどぎまぎしてしまう。

「わあ、お姉ちゃんとお兄ちゃんはらぶらぶなんだねえ」

「うっ……！」

男の子が無邪気に発したその言葉に、セリーヌの頬に熱が集まる。

（な、なんで魔王様は恥ずかしがりもせずに満面の笑みなのっ⁉）

いつもセリーヌの何気ない仕草や言動に、簡単にうろたえているというのに。

そんな風に戸惑う気持ちはあるものの、セリーヌはルシアンに『大事』だと言われることを素直に嬉しく感じる自分に気がついていた。

笑顔で手を振り去っていく男の子を見送りながら、セリーヌの胸は温かな気持ちでいっぱいで。

（さっきみたいに、まだどきどきクラウド様のことを思い出してしまうけれど……少し前ほど、辛《つら》くないわ）

あれほど辛く、思い出すたびに涙を堪《こら》えるのが大変だったのに、今はもう泣きたい気持ちにはならない。

まだ寂しく思う気持ちはあるが、少しずつ過去に、思い出になってきている。

セリーヌはじっとルシアンを見つめた。

すぐに気づいたそのブルーグレーの瞳が、優しく細められる。

愛情がこもっていると分かるその目に見つめられると、胸がきゅんとなるのだ。

そしてこの瞳の温度に包まれているおかげで、セリーヌの心の傷はすっかり塞がりかけていた。

ルシアンと見たこともない魔物の肉を食べたり、魔道具を手に取り使い方を見せてもらったりしながら二人は存分に遊び、あっという間に時間が経《た》っていく。

「最後にセリーヌを連れて行きたいところがあるんだ」

日が暮れ始めた頃に、ルシアンがそう言った。

ルシアンに促されて人の少ない路地裏に入ると、向き合って両手を握る。

「転移の魔法を使うから、少しだけ目を閉じていて」

「分かりました」

言われた通りに目を閉じたものの、ルシアンは何も言わないし何も行動を起こさない。

「魔王様？」

不思議に思って目を閉じたまま呼びかけると、ルシアンはおずおずと口を開く。

「……僕がお願いしておいてこんなことを言うのもなんだけど、なんの疑問も抱かずにすぐに目を閉じてくれるんだね。変なことをされたらどうしようなんて心配にはならないのかい？」

「……？　変なことをするんですか？」

思わず目を開けると、ルシアンは困ったようにセリーヌを見つめていた。

「セリーヌの嫌がることや傷つけるようなことは決してしないよ。だけど……そんなに無防備で大丈夫なのかと心配で複雑な気持ちになってしまって……」

言葉通りに複雑そうな表情で、眉間にしわまで寄せているルシアン。セリーヌの前でこんな険しい顔をすることは珍しい。一瞬首を傾げてしまいそうになったセリーヌだったが、ルシアンのその表情が心配からくるものなのだとすぐに理解した。そう思うとなんだかむずむずしてきてしまい、セリーヌは思わずくすりと笑った。

「私、警戒心は強い方なんです。信頼していない人の言葉だったら、こんなに素直に聞きません」

そう言葉にしながら、セリーヌは自分の気持ちに自分で驚いていた。

（私、いつの間にかこんなにも魔王様を信頼していたのね……）

ずっと、長い時間クラウドのことを信じていた。誰よりも頼りに思っていた。……その信頼を簡単に、最悪の形で裏切られてしまった。あの時のセリーヌは、もう二度と誰も信用などできないと感じていたはずだ。それなのに今、なんの疑問も抱くことなく、「ルシアンは自分を傷つけない」と心から思っている。そのことが自分でも意外で、そして嬉しかった。

誰のことも信用できないと感じていたあの時、セリーヌはとても恐ろしかったから。まるで世界中で一人ぼっちになってしまったかのように苦しかったのだ。両親がいなくなって辛かった時でさえクラウドがいたことで一人ではないと思えたのに、その全てを失ってしまった。

ルシアンは、魔族の皆は、そんなセリーヌの怯える心をすっかり救ってくれていた。

穏やかで、温かな気持ちで見上げたルシアンは、口元を緩ませ、嬉しそうにしている。どうやらセリーヌの言葉の意味するところを正確にくみ取り喜びを隠しきれないらしい。

「君にそんな風に信頼してもらえて、嬉しい」

ルシアンにとってそれは本心だった。

だからルシアンは、無防備に目を瞑《つぶ》ったセリーヌを前にして湧き上がった「可愛いな」「全部自分のものにしてしまいたい」などという下心にはきっちり蓋をすることにした。せっかく寄せてくれた信頼を絶対に裏切りたくなかったので。いつかはそういう部分も見せられるような関係になりたいとは思うが、絶対にそれは今ではない。

気を取り直し、こほんと一つ咳払《せきばら》いしたルシアンは、改めてセリーヌの手を握り直す。

「慣れていないと景色の歪《ゆが》みに気分が悪くなってしまうことがあるから、僕がいいと言うまでは目を開けないでいてくれ」

「分かりました」

セリーヌが目を瞑ると、ルシアンと繋《つな》いだ手が熱を発し、そこから全身がぽわっと温かくなっていく。

肌に感じる空気が変わり、周りの音が聞こえなくなったと思った次の瞬間、気持ちのいい風がふわりと頬を撫《な》でた。

「もう目を開けてもいいよ」

「わ、あ……！」

セリーヌが言われるままにゆっくりと瞼《まぶた》を開けると、そこは街中が一望できる、高い高い時計塔の上だった。

「数年前に人間界から送られた物の中に時計があってね。この時計塔はその時の時計を参考に魔法を組み込んで作られているんだ。セリーヌの話を聞いて、人間たちが毎年贈り物をしてくれていたのは決して好意からの行動ではなかったと知ったけど、魔族は人間の贈り物を無駄にはしていないよ」

「そうだったんですか……」

それはこの時計塔の話だけではないとセリーヌはすぐに気がついた。

「魔界は花だけではなく、作物も育ちにくい種類が多い。王城の食物庫には人間界から送られた食料に保存魔法をかけて備蓄しているしね」

いつか執務室で聞いた話と繋がる。あの時ルシアンは『苗を増やしている』『今とは違う地形や生育条件で栽培可能かどうかを試す必要がある』と話していた。

人間側が勝手に怯えて送り続けていた貢ぎ物だが、魔王であるルシアンは未来のために役立てようと工夫を重ねてくれているのだ。

（本当に、尊敬できる人……）

ふわりと風が吹き、巻き上げられたセリーヌの髪を、ルシアンが優しい手つきで押さえてくれる。

その手に身を任せると、この世界に怖いものなど何もないような気さえしてくる。

周囲には視界を阻むものは何もない。この時計塔より高い建物も、柵も、もちろん山もだ。暗くて分かりにくいけれど、遠くに魔王城が見える。少し離れて下の方にはさっきまで堪能していた街が広がっていて、向こうには牧場や森のような場所も見えた。

塔の一番上の、少しだけ平らになっている小さなスペースに二人は立っていた。

「セリーヌ、怖くはない？」

「ええ、大丈夫です」

こんなに高い場所は初めてだったが、怖くはなかった。

きっとルシアンがセリーヌを抱き寄せ、手を握ってくれているからだろう。

そのまま導かれるように、ルシアンと並んで座る。

なんとなく心が浮ついて落ち着かず、それを紛らわせるように足をぶらぶらと遊ばせながら、セリーヌは改めて周りを見渡した。

街のぽつぽつと広がる温かな灯《あか》りも綺麗だが、なんといっても。

「ここは、星がよく見えるんだ」

ルシアンの言葉の通り、遮るものも何もない頭上には満天の星が広がっていた。

今日はよく晴れている上に月のない夜で、本当に星が溢れそうなほどにたくさん瞬いている。

まるで全身が夜に包まれたような気分だ。

見とれるセリーヌを見ながら、ルシアンは笑った。

「気に入ってもらえたようでよかった」

「はい……とても。魔王様、今日は本当にありがとうございました」

「街にも、ここにも、また来よう。……二人で」

その言葉に、セリーヌはなぜかじんとした。

(また、魔王様ときたい。この場所も、他の場所にも。いろんなものをこうして隣で一緒に見られたらいいな……)

「……セリーヌ、白状するとね、僕は君のことをずっと前から知っていたよ」

「えっ？」

思わぬ言葉にルシアンの方を向くと、ブルーグレーの瞳が真っ直ぐにセリーヌを見つめていた。

ルシアンが自分をずっと前から知っていたとはどういうことだろうか。

……そういえばと、メリムがいつか不思議なことを言っていたことが思い浮かぶ。あの時メリムは、ドレスや靴の用意が整っていることを不思議に思ったセリーヌに対して、『セリーヌが来るよりずっと前から用意していたものだ』と言っていた。

「婚約者がいることも知っていた。君がその人のことを大事に思っていたことも」

セリーヌは息をのんだ。こちらを真っ直ぐに見つめるルシアンから、視線を逸《そ》らせない上に、身じろぎ一つできない。

ルシアンは自虐的な笑みを浮かべながらも、話を続ける。

「でも、どうしても諦められなかったから、せめて君に花を贈りたかったんだ。人間界で手に入れたものじゃなくて、自分で育てた綺麗な花を。だから貢ぎ物に花をお願いしたんだ。その花を参考に、一から育ててみようと思ってね。まさか、花を贈りたいと思った相手自身が来てくれるなんて予想外だった……」

ルシアンはいつ自分のことを知ったのか。まさかクラウドのことまで知っていたなんて。気になることはたくさんあるはずなのに、セリーヌは何も言えなかった。それどころじゃないほど、胸がいっぱいだった。

その心は今、ルシアンに出会えたことへの感謝で溢れている。

セリーヌはずっと、勘違いで生贄として送られてきたからこそ、偶然にもこうしてルシアンと出会えたのだと思っていた。

そんな中でも、本当はときどき思うことがあった。

もしもエリザが生贄としてここにきていたならば、こんな風に大事にされるのは自分じゃなかったかもしれない。エリザは素行や噂《うわさ》のせいで社交界での評判はあまり良くはないものの、可憐《かれん》で美しく、愛嬌《あいきょう》もある上に、儚《はかな》げな容姿は庇護《ひご》欲をそそる。ルシアンだってきっと気に入っただろう。もしかするとセリーヌが来るよりも喜んだかもしれない——。

そんな、現実には起こってもいない「もしも」を想像しては、エリザを選んだクラウドのことを思い出していた。自分は選ばれない人間なのだと、心のどこかで考えてしまうのをやめられなかった。

しかし、そもそもそうじゃなかったのだ。

（魔王様は、こうなるよりも前から、ずっと私を望んでくださっていた……？）

自分から話してくれているもののルシアンは気まずいようで、うー、とか、あー、とか唸《うな》りながら次の言葉を選んでいるようだ。

彼には分からないだろう。

今この瞬間、セリーヌの心がどれほど喜びに溢れているか。

「……だから、こうして今セリーヌといることが夢みたいなんだ」

夜の闇を纏《まと》いながら、ルシアンは眩《まぶ》しそうに目を細めて微笑んだ。白銀の髪が風に靡《なび》く。星よりもずっとずっと輝いて見える。

（私の方こそ、夢みたい）

その微笑みに、セリーヌがどれほど胸を高鳴らせているか、伝わってしまえばいいのに。どんな言葉を尽くしても、この気持ちを全て伝えきることなどできないだろう。それでも、少しでも伝えられればと、セリーヌは感極まっている自分を奮い立たせて口を開く。

「……私、魔王様に出会えてよかったです。こうして一緒にいられることが、すごく、すごく幸せだと感じてます」

「セリーヌ」

驚いたように目を見張った後、ルシアンはそっと握っていた手を伸ばし、セリーヌの頬に触れた。

「……約束は違《たが》えない。儀式を無理に行うことはしない。君を手放すことは到底できそうにないけど……セリーヌが本当に心の底から、僕を受け入れられるようになるまで待つ。だから――もし嫌だっ

たら、そう言ってくれ」

それが何を意味しているのかすぐに分かった。

ルシアンがゆっくりと近づいてくると、甘い甘い匂いがした。

セリーヌはまるで誘われるように目を閉じる。

気分は花の蜜に引き寄せられる蝶《ちょう》のようだ。抗《あらが》うなんて考えつきもしない。蝶にとってはそれがごく当たり前のことだから。

ルシアンの唇がセリーヌのそれに、ゆっくりと重なる。

――儀式の時以来の口づけに、セリーヌは震えた。

そして、やっと自分の気持ちに気がついた。

(――ああ、そっか……私、魔王様のことが好きなんだわ)

儀式の時よりずっと短い口づけ。

だけど、比べ物にならないくらいに甘い。

ささやかな温《ぬく》もりが離れていく。

そっと目を開けると、同じように瞼から覗いたブルーグレーの瞳と視線が交わる。

「……いつか、本当に僕のことを受け入れてもいいと思えたら、その時はどうか、僕のことを名前で呼んでほしい」

静かに告げてはにかむルシアンに、セリーヌは小さく頷《うなず》いた。

今はまだ、恥ずかしくて。それに、まだ覚悟を決めきれない部分も確かにあって、すぐにその望みを叶《かな》えるのは少し難しい。

けれどきっと、そう遠くないうちにその名を口にできる気がする。そんな風に思った。

――この時のセリーヌは、確かにそう思っていたのだ。

◆◇◆◇

ある日、夜もふけた頃の魔王城にて。

執務室でルシアンは頭を抱えていた。

ちなみにセリーヌはもう自室で眠っている時間だ。

何かあったのかと心配して様子をうかがうシャルルとメリムをよそに、ルシアンの口からは情けない ため息が漏れる。

「僕のセリーヌが可愛すぎる……」

数日前、ルシアンはセリーヌと念願のデートをした。

人間界との違いを見つけては目を輝かせたり、初めて見る食べ物を嬉しそうに口にしたり、街の人々と楽しそうに言葉を交わしたり。あの日からセリーヌのどんな表情も片時も頭から離れない。

そして、いつか連れて行きたいと何度も想像していた時計塔で、セリーヌは儀式以来の口づけを許してくれたのだ。

今もまだ夢だったのではないかと思うほどの幸せに、ルシアンは何度も思い出しながら浸っている。

「ルシアン様が見たことない顔してたって街で噂になってるよお～！」

「陛下、幸せそうで何よりですね」

シャルルとメリムがルシアンの幸せを喜ぶ側で、なんだか面白くなさそうなのはフレデリカだ。

「ふん！　こんな魔王野郎のなにがいいんだか！　私の方が絶対幸せにしてあげられるのに！」

そう言いつつもセリーヌ本人が幸せそうなので、なかなか手を出せないでいるわけなのだが。

「とはいえ、本当に何が起こるか分からないものですね。まさかセリーヌ様が人間界から生贄として送られてきていたとは。いまだに信じられません」

「メリム、セリーヌ様が最初元気なかったの、普通にルシアン様のお顔を怖がってるのかとおもっちゃった～！」

「こんな男との結婚なんて、生贄も同然だと私は今でも思ってるわよ」

好き勝手なことを話す三人をよそに、ルシアンは急にハッとして立ち上がる。

「そうだ！　人間たちにお礼をしよう！」

経緯はどうであれ、ルシアンは人間たちに感謝していた。それもこれも、人間が妙な誤解をしてくれたおかげなのだから。そうでなければセリーヌと今こうして距離を縮めることなど到底できなかったかもしれない。

いや、いつかはきっとこんな時間を過ごせたらと願っていたわけではあるが、それはきっと、もっとずっと先のことだったに違いない。

もちろんセリーヌが傷つき悲しんだという事実を思えば怒りも湧くが、それはそれ。

（セリーヌと婚約していた男のことは気になるが……大事なのはこれからのことだ）

すでに婚約がなくなっていることは分かっている。恐らくセリーヌにとって良くない何かがあったのだろうということは察せられるが、それを聞くのはさすがにデリカシーのないことだというのはルシアンにも分かるので、触れられずにいた。

おまけに以前とはいえセリーヌが他の男のことを大事に思っていたと考えるだけで死にそうになるので、そのことについては意識的に忘れるようにしていた。

「シャルル、人間には何を送れば喜ばれるだろうか？」

「受け取る人間にもよりますが、基本的にやはり値打ちの高いものが良いかと思います」

「値打ち……宝石か、宝物か……」

「あー！　ルシアン様っ、宝物庫の奥にずーっと置いてある、あのキラキラしたやつは～？」

「あれか。悪くないな」

ふむふむと頷きながら相談する。

「人間は私たち魔族と違うんだから、使い方のわかりやすいものにしなさいよ」

「なるほど……一理あるな」

「そうなるとあまり用途の限られた道具よりも、やはり装飾品などの方がいいかもしれませんね」

フレデリカのアドバイスも踏まえて、何があったかを思い浮かべていく。

確かに、どうも思っていた以上に人間が魔族を怖がっていると分かった今、わざわざ使い方を教えてやる機会を設けるのは難しいだろう。

「じゃあやっぱりキラキラしたやつにしよ～！」

「まあ分かりやすく豪華なものは喜ばれそうではあるわね」

「お礼だからな、盛大にいいものをたくさん送ろう」

「では、そのように手配いたします」

「頼む」

これを機会に、少しでも魔族に対する恐怖心が和らげばいいとルシアンは思っている。

（セリーヌとは、いつか、ふ、夫婦になるわけだからな！）

セリーヌの心を待つとは言ったが、諦める気持ちは微塵もない。つまりどれほど時間がかかろうと、彼女をいつか愛する妻とすることはルシアンの中でほぼ決定事項だ。

ならばセリーヌと同じ種族である人間たちには少しでもよく見られたいと思うのは当然のことだった。

「……どれほど僕が感謝しているか、手紙でもしたためた方がいいだろうか？」

自分がどれほどセリーヌを望んでいたか、どれほど喜んでいるか、セリーヌこそが自分の幸せそのもので、心から人間に感謝し、もはやこんな幸運を与えてくれた人間全てを愛している。それを伝えるには便箋が何枚必要だろうか……。

そんなことを計算し始めたルシアンをフレデリカが止める。

「あんた、貢ぎ物の要求でもやらかしているんだから、余計なことはやめなさいよ」

「うっ！　それとこれとは別だろう……」

あの要求をしたときは軽い気持ちだったため、人間がどのように受け取るかなど、正直深く考えていなかった。しかし今は違う。

そう思うも、シャルルもメリムもフレデリカに同意のようで。

「前回でかなり誤解が深まっているようですからね。お言葉は全て裏を勘ぐられる可能性が高いかもしれません」

「人間は怖がりだもんね～。お手紙書くならルシアン様からじゃない方がいいんじゃないー？」

「そうね、魔王直々の手紙なんてどう考えても怖がられるわよ、内容なんて関係なく。シャルルが書いたら？」

「陛下、それでよろしいでしょうか？」

「…………頼む」

全否定に些《いささ》かしゅんとなるルシアンだが、怯えられては困るのも確かなので、不満げに頷く。

「では、僭越《せんえつ》ながら」

こほん、と咳払いをしてペンを執るシャルル。

ルシアンはこの感謝が伝わるならばまあそれでもいいかと思い直した。

「そうだ、セリーヌはこちらで元気に暮らしていることも書いてくれ」

「確かに、人間たちはセリーヌ様が生贄として命を落としていると思っている可能性が高いでしょうし、無事を伝えるのは大事ですね。承知いたしました」

サラサラと文字をしたためていく、その動きに迷いはない。

最後に全員で内容の確認をして、宝物とともに人間界へ送ることにした。

しかし残念ながら、その場にいる誰も本当の意味では分かっていなかったのだ。

人間が、どれほど魔族に怯えているかということを……。

「ああ、セリーヌと早く結婚したい」

「ルシアン様、恋する乙女《おとめ》だあ〜〜！」

「陛下、セリーヌ様が受け入れてくれているからと決して焦ってはなりませんよ」

「というかなんで上手くいく前提で話してるのよ？　まだ分かんないでしょうが」

「やめろフレデリカ、不吉なことを言うな！」

「明日はセリーヌ様となにしてあそぼっかな〜」

「おやメリム、セリーヌ様と仲良くされるのはいいことですが、私のことを忘れてはなりませんよ」

「そこ、イチャイチャしないでよ！　はあ、私は明日セリーヌ様とイチャイチャしよう……」

「やめろフレデリカ！　お前は本当に僕のセリーヌにすぐちょっかいを――」

「誰があんたのセリーヌ様ですって!?　ふん！　魔王のくせに！」

魔族たちは、のんきで平和な夜を過ごしていた……。

第四章◆残酷な運命

「セリーヌ、おはよう」

言葉とともに、柔らかな唇がセリーヌの額に触れる。

ルシアンは朝、セリーヌの部屋まで迎えに来て、挨拶をするなり手や頬、額とありとあらゆる場所にキスをするようになった。セリーヌが嫌がっていないと気づいてからは、ときどきさりげなく唇に近い場所にまで口づけを落とす始末だ。

セリーヌは気づいていた。というか全員気づいている。最近ますますルシアンの溺愛に拍車がかかっていることに。

「……おはようございます」

初め、セリーヌは戸惑っていた。時計塔でロマンチックなキスを交わしたとはいえ、あれは二人きりの時の話である。雰囲気もあり、どこか夢見心地で、恥ずかしさよりも喜びや幸福感が大きかった。しかし、日常の一幕にそれが入り込むのはさすがに恥ずかしい。そう、恥ずかしいだけで、嫌ではないのだが。

（メリムやシャルルもいるのに……）

それどころか、正式に気持ちに答えてもいないのに。

とはいえ、拒めないほどには、セリーヌも嬉《うれ》しさを感じてしまっているわけだから仕方ない。

ちなみにフレデリカの前で少しでも触れ合おうものならば、ルシアンがフレデリカに烈火のごとく怒られることになる。

メリムもシャルルもフレデリカも、一応は魔王ルシアンの側近という立場のはずだけれど、本当に魔族たちは仲がいい。

「セリーヌ様とルシアン様がイチャイチャしてるのいつも見てるからか、最近メリムお肌がツヤツヤなの～！　見て見て、シャルたん！」

「おや、メリムは二人の熱烈ぶりにあてられて綺麗《きれい》になっているのですか？　それは私も負けていられませんね……」

「ん～？　どういうこと？」

「なんでもありませんよ。しかし言われてみれば私も最近はすっきり目が覚めますし、体も軽いです。陛下の機嫌がよろしいからでしょうか？」

揶揄《からか》っているようなその会話にセリーヌは頬を染めて、ささっとルシアンに近寄り、その胸に自分の顔を埋《うず》めて隠した。とにかく顔が熱くて、そんな自分を見られたくない一心だったため、その行動が大胆であること、赤くなった顔を見られるよりももっと恥ずかしいことをしていると自分で気づかない。なんだかんだ気の利く魔族たちもそれを指摘するようなことはせず、静かににやついているばかり。

「セ、セリーヌ」

ルシアンはそんなセリーヌに悶《もだ》えながらも彼女の背中に手を回し、さりげなく抱きしめ、幸せを堪能していた。

……魔界は今日も平和だ。


「セリーヌ様、今日はお天気もとってもいいし、庭園に行ってみる～？」

「え？　この城の中に庭園があるんですか？」

セリーヌは意外な事実にぱちくりと瞬《まばた》いた。

確か、魔界ではなかなか花が育たないのだと言っていなかっただろうか。

「いちおう、あるんだよ～。あんまり綺麗じゃないからまだ行ったことなかったけど、たまにはいいかなって！」

庭園があることも知らなかったが、そろそろ城内でセリーヌが入れる場所にはほとんど行き尽くしたと思っていた。

そんな場所があるなら、確かに一度は行ってみたい。

「そうなんですね。それでは今日はそこに行きたいです」

庭園は、城を出て少し入り組んだ場所まで歩いていった先にあった。

「……確かに、ほとんど花がないんですね」

やはり花が育ちにくいというだけあって、名ばかりの庭園になってしまっているらしい。

花は一応ちらほらとは咲いているが、庭園自体は広いのにほんの僅かしか彩りがない。

草や木は溢《あふ》れているのに、どうして花だけが育ちにくいのだろうか。不思議だ。

メリムと少し離れてしゃがみ込み、ちょんと咲いている花に手を添える。こうして咲いている花にもあまり元気がないように見える。

そうしていると、急に晴れ渡っていた空が曇り、セリーヌの上にも影が差した。

……と、思ったがそうではなかった。

「オマエ、なにしてる？」

「きゃあ!?」

驚きのあまり地面に座り込みながら振り返ると、セリーヌの上から巨大な男が覗《のぞ》き込んでいた。

どうやら空が曇ったわけではなく、この男が日差しを遮る形になっていただけらしい。

「ア……オレ……」

男はびくりと肩を揺らし、少し後ずさる。セリーヌが驚いたことにうろたえているようだった。

「あー！　ビグ、セリーヌ様を驚かしちゃ、めっ！　だよ！」

メリムが大声を上げながら近づいてきて、小さい子を叱るように言う。

ビグというのがこの体の大きな彼の名前だろうか。

叱られて、目に見えてしょんぼりと肩を落とすその姿に、セリーヌは慌てて立ち上がり、違うの、と顔の前で両手を振った。

「違うんですメリム、私が勝手に驚いてしまっただけで……。悲鳴を上げたりしてごめんなさい」

「オレも……ゴメン、なさい」

ビグは謝りながら勢いよく頭を下げる。

しかしそこは身長三メートルを超えるかというほどの大男。たったそれだけの動作でブォン！　と強い風が吹き、その圧でセリーヌの体が大きくよろめいた。

「ア……ゴメ……うう……」

ビグはもはや涙目だ。

「ごめんね、セリーヌ様っ！　ビグはとってもいい子なんだけど、ちょっと体が大きくて」

「え、ええ、大丈夫……」

(確かに大きいわね。ちょっとどころではなくてとってもだけど……)

ちらりと様子をうかがうと、ビグはまだしょんぼりと肩を落としたままでいる。つぶらな瞳からは今にも涙が零《こぼ》れ落ちそうで。

体は大きいが、その姿はまるで気弱な子供のようだ。

「オレ……ごめん。動くの、ゆっくりする。さっきは、花、見てたから」

「うんうん、お花を見てたセリーヌ様が気になったんだよね～！　セリーヌ様、ビグはお花が大好きなんだよっ」

「うん。オレ、花すき」

そう言うとビグはとてもゆっくりとその場に座り込んだ。きっと風を起こして花が散ってしまわないように気をつけているのだろう。

どうやらさっきはセリーヌに謝らなくてはと慌ててしまったようだった。

ビグは大きな背中を目一杯丸めて花を見つめる。

「でも、花。咲かない。……だから、オレしかみない」

その目は悲しみに溢れていた。またもや涙が溢れそうだ。

まだ泣いてはいないが、どうにもビグは泣き虫らしい。

よく見るとそのかたわらにはジョウロが置かれている。その大きな体にはきっと使いにくいサイズだろう。

……つまり、ビグ以外ここの花の世話をする人がいないということだろうか。

確かに庭師らしき人が木の剪定《せんてい》をしているところは目にしたことがあるが、誰かが花の手入れをしているところを見たことはないような気がする。

「ビグさん」

「オレ、名前、ビグ」

「セリーヌ様、ビグが『さん』はいらないよってさ〜」

「……ビグ、よかったら私もここの花のお世話を手伝ってもいいですか？　こうみえて、人間界では私の育てたお花は長く元気に咲くって評判だったんですよ」

「エ……」

その声は戸惑いを含んでいたけれど、パッと輝いた瞳が喜びを表していた。

さっきまで悲しみに濡《ぬ》れていた目が、今度は感激で潤んでいる。乾燥とは無縁そうな可愛《かわい》い瞳だな、とセリーヌは思った。

「セリーヌ様がやるなら、メリムもする〜！」

「ふふ、そうしましょう。みんなですればきっともっと楽しいですよ。楽しくお世話していたらお花も喜んでたくさん咲いてくれるかもしれません！」

「ミンナで……？　オレも、うれしい」

そうと決まれば早速ジョウロやスコップの場所をビグに聞き、そのまま一緒に花や土の手入れを始めることにした。

驚いたのは、ビグがとても器用なことだった。体が大きいということはもちろん手も指も大きい。普通サイズのジョウロやスコップは彼にはとても小さくて扱いにくいだろう。

それでも難なく使いこなし、花にも繊細に触れているところを見るに、こうしてずっと一人で世話を続けてきたことが分かる。

（ビグに合ったサイズの大きな道具があったらいいわね……）

魔法に長《た》けた魔族に作れないわけがない。

恐らく、この光景に慣れすぎていて誰も気がつかないのだろう。

セリーヌはそんなことを考えながら、メリムとビグと楽しい時間を過ごした。

そして、これから咲くだろう花の蕾《つぼみ》の手入れをしながら、こっそりと思っていた。

本当はとっくにセリーヌの気持ちは決まっている。

あとは、覚悟を決めきる最後の一押しが欲しいだけ。

だから……。

（……この花が無事に綺麗な花を咲かせたら、その時は、――魔王様の、お名前を呼ぼう）

◆◇◆◇

ルシアンは魔王なだけあって普段は公務などをこなし、忙しく過ごしている。

魔界には魔力が行き渡っていて、その管理をしなければいけなかったり、人間の王族と同じく他国との外交をしたり、財政の管理をしたりなど、その仕事は多岐にわたる。

最近は突然魔物が湧いたり、人間界の方で強い魔力の乱れが見られたりすることもあるらしく、特に忙しいようだった。

そういう場合に魔物を抑えたり、魔力の乱れを自身の魔力を使って調整したりすることも職務の一つであるために、魔王という地位につくには魔力量や魔力操作の精密さが重要となるらしい。

人間と同じように魔力量の高い子供は魔力量の高い親から生まれやすいため、必然的に魔王の子が次の魔王になることが多いようだが、必ずしもそうとは限らず、より魔力量に長けた者がいればそちらに王位が渡される。

その場合、魔王の直系からは不満が生まれないのか？　と思ったセリーヌだったが、メリムはあっけらかんと笑っていた。

「もしも不満を持つ人がいても、力で敵《かな》わないんだからそのうち納得するんだよお！」

……魔族の力関係はシンプルなようだ。

それならば、魔力量は多いが人格や統治能力に問題がある場合はどうなるのだろうか。

次に湧いたそんな疑問にはシャルルが答えてくれた。

「基本的に魔力量の多さとその安定度は精神力の高さとかなり比例していると言われています。ようは魔力の多い者に人でなしや無能は滅多に生まれないのです」

そういうものかと思いながら、なんとなく、魔力量が多く人格に問題がある者は過去に淘汰された結果なのではないかという気がしたセリーヌだった。

魔王だけではなく、その側近の仕事にも魔力の高さや力の強さが求められるものが多い。さらに補佐としての活躍が望まれることもあり、シャルルやメリムたちも魔族の中ではとても強い存在だということだった。

そんな風に忙しい中でもルシアンはセリーヌをいつも気遣い、時間があれば会いにきてくれる。

「だからね、私からも何かしたいなと思ってるんです」

部屋で一緒にお茶をしながら相談すると、メリムは目を輝かせた。

「メリムもお手伝いする〜！」

ついでに魔王城の使用人たちにも振る舞いたいということで、メリムと一緒にちょっとしたお菓子を作ることになった。

アレスター伯爵家で叔父家族に馴染《なじ》めなかったせいでナターリエやジャネットの嫌がらせを受けて、厨房《ちゅうぼう》に入り自分で食事を用意することもあったセリーヌ。料理は嫌いじゃないし、その延長でお菓子作りにはまったこともあったのだ。

最初は簡単な上に量産できるプリンやクッキーを作った。

「え、あの、ルシアン様に先に渡した方がいいんじゃないかなあ〜？」

となぜかメリムは少し焦っていたけれど、自分の作ったものが魔族にも美味《おい》しいと思ってもらえるか自信がないセリーヌは、まずは手伝ってくれたメリムをはじめとした厨房で働く人や使用人にお菓子を受け取ってもらった。

セリーヌが美味しいと思えるものは魔族の口にも合うらしく、みんな喜んで受け取ってくれる。というかよく考えれば魔界の料理もお菓子も、お茶だって、セリーヌ自身がとても美味しくいただいているのだから、そこまで味覚が違うわけもなかったかなあと今更ながら気づいた。

そうしてあっという間にセリーヌのお菓子は魔王城で評判になっていった。

「ん〜！　美味しい！　セリーヌ様のお菓子を食べるとなんだか元気が出るの〜っ！」

「ふふふ、メリムってば。でも喜んでもらえて嬉しいです」

大袈裟《おおげさ》だなあと思いながらそう答えたセリーヌだったけれど、メリムはきりっと真剣な表情を作ってみせる。

「あのね、本当だよ？　みんな言ってるもん！　セリーヌ様とお話ししたら気分が良くなるし、セリーヌ様のお菓子を食べたら元気になるのっ！　そもそもセリーヌ様が魔界に来てからみんなムクムク力が湧いてくるって〜！」

そこまで褒められると少しむず痒《がゆ》い。

どうして魔界のみんなはこんなに誰もがセリーヌに好意的なのだろうかと不思議に思うくらいだが、なんにせよ受け入れてもらえるのは嬉しいものだ。

セリーヌが魔界ですることといえば、ルシアンと食事をとること、メリムと散歩をしたりお茶を楽しんだりすること、そしてビグの庭園で花のお世話をすることくらいで、つまり少し時間を持て余している。

そんなわけでお菓子作りはすっかりセリーヌの趣味になり、喜んでもらえるのが嬉しくてどんどん作っては振る舞っていた。

調子に乗って楽しくなっていたセリーヌはすっかり忘れていた。そもそもなぜお菓子を作ろうと思い至ったのか。シャルルが一緒ならどこかのタイミングで思い出させてくれたかもしれないが、協力してくれているメリムも、セリーヌのお菓子の美味しさに夢中になるうちに同じように当初の目的を忘れていた。

「セ、セリーヌ！　君のお菓子が美味しいって城内でとても評判になっていると聞いたんだけど……」

「まあ！　恥ずかしいですね。でもとっても嬉しいです」

ある時ルシアンに聞かれて、何か違和感を覚えた気もするものの、とりあえずニコニコと答えたセリーヌ。

そんな彼女の反応にルシアンは悲愴《ひそう》感を漂わせて眉を下げた。

「僕は一度も食べてない……」

「あ」

悲しみに打ちひしがれるルシアンに魔王の威厳は全くない。

「あの、元々魔王様に食べていただきたくて、試作品を皆さんに食べてみてもらってたんです」

嘘《うそ》だ。最初はそうだったけれど、途中からはそんなこともすっかり忘れ、ただ振る舞って喜んで食べてもらえるのが嬉しかっただけである。

しかし全身で悲しみを訴えているルシアンを前に、そんなことは絶対に言えない。

「でも、最初にセリーヌのお菓子を食べるのは僕がよかった……」

「う、それは……ごめんなさい」

そういえば、最初にメリムが忠告してくれていたような気がする。軽い気持ちで流してしまったのはセリーヌだ。

そう思ってつい素直に謝ってしまったのだけれど、それが運の尽きだった。

「セリーヌのお菓子がついに食べられるんだね！　嬉しいよ、さ、セリーヌ」

目の前にはデレデレと溶けてしまいそうなほどに緩んだ笑みを浮かべるルシアン。

ルシアンのためだけに作った色とりどりのマカロンをセリーヌが執務室に届けに来ると、あれよあれよとルシアンにすっぽりと抱え込まれてしまったのだ。

（か、顔が近いわ……！）

マカロンの入った丸いお皿はセリーヌの膝の上、マカロンを抱えたセリーヌはルシアンの膝の上。

助けを求めて一緒に執務室に入ったメリムの方を見ると、「あーあ、だから言ったのに」とその表情が言っていた。なんならほんのり生温かい微笑《ほほえ》みを浮かべている。

シャルルはいつも通り、壁際ですまして立っている。いや、よく見ると少し疲れた顔をしているような。

セリーヌのお菓子を自分だけ食べていないことを知ったルシアンが拗《す》ねてぐちぐちと不満を零《こぼ》し続けるのを相手にしてうんざりしているのだということは、セリーヌには知るよしもないが。

「セリーヌ？　食べさせてくれないのか？」

ルシアン必殺の子犬のような目で見つめられ言葉に詰まるものの、それよりもまずセリーヌは聞かずにはいられない。

「あの、この体勢じゃなければダメなのでしょうか……」

できればおろしてほしいと言葉に含ませたつもりだったのだが。

「もちろん。他に椅子もないしね、でも君を立たせたままなんてもってのほかだ」

あまりにも堂々と「椅子がない」と言い張るルシアンを前に、そっちの方にソファがあるけど……とはなぜか言い出せない雰囲気だ。ルシアンは機嫌良くニコニコしているがどこか無言の圧を感じるわけで。

「あの、本当に、その、私が食べさせるのをお望みなのですか……」

そう、つまりルシアンはセリーヌに食べさせてほしいとおねだりしているのだ。恥ずかしくてたまらない。

「もちろん。セリーヌは僕にごめんなさいって言ったよね？　つまりこれは仲直りのしるしだよ？」

まるで小さな子供に言い聞かせるような口ぶりに、ますます頬に熱が集まる。

（そんな風に言われちゃったら断りにくいじゃないの……！）

セリーヌが怯《ひる》んでいる間に、焦《じ》れたルシアンはセリーヌの頭に頬ずりしたり、キスをしたりと好き勝手に堪能している。おまけにセリーヌに抵抗されないのをいいことに、ちょっとずつスキンシップが激しくなっている気もする。

なんなら、お菓子より先にセリーヌが食べられてしまいそうだ。

羞恥に震えながらも、セリーヌはふと思った。

（よく考えたらこうして愛《め》でられているより、ちょっとマカロンを食べさせてあげる方が恥ずかしくないような？）

意を決して、抱えた皿にかぶせたナプキンの端からひとつマカロンを摘まむ。

そのままそれをルシアンの口元に近づけると、大喜びで口を開けた。

「あ、あーん……」

食べさせてあげるならそう言った方が喜ばれると教えてくれたのはメリムだ。

助言は的確だったようで、ルシアンは一層目を輝かせた。

「ひえっ！」

あろうことか、セリーヌの指先までぱくりと口に含まれた！

（ちゃ、ちゃんと食べやすいようにマカロンの端っこを摘まんでいたのに！）

「ふふ、セリーヌ、とっても美味しい」

「な、な……！」

咄嗟《とっさ》に逃げ出そうとしたセリーヌだったけれど、ルシアンにがっちり抱え込まれていて無理だった。むしろ逃がさないとばかりにその腕がぎゅうっと抱きしめる力を強めたものだから、さっきよりも密着している上にもっと顔が近くなったような気がする。セリーヌは目が回る思いだった。

わなわなと震えるセリーヌを見ても、ルシアンはますます嬉しそうにするばかり。恥ずかしがっていてもうろたえていてもセリーヌは可愛いらしい。潤んだ金色の瞳が宝石のように、いや、宝石よりも輝きながら、ルシアンの心を射抜いてくる。

（セリーヌは本当に、なんて可愛いんだろうか？）

少し前までデートに誘うのも一大事だといわんばかりに勇気を出していたようだったのに、ルシアンの急成長がすごい。もっともこれを成長と言ってもよいのかはセリーヌには悩むところではあるのだが。

結局持ってきたマカロンの最後の一つまでルシアンはしっかりセリーヌの手から食べて、このご褒美のような時間を心行くまで満喫したのだった。

◆◇◆◇

花の世話を手伝い始めてしばらく経《た》つ今日この頃。

セリーヌは花を咲かせるために、今まで以上に庭園に通い、心を込めて手入れをするようになっていた。

　といっても、セリーヌに何か特別なことができるわけではない。そもそも人間界に比べて肥料の種類も少なく、特別な栄養剤などもない。セリーヌは花が好きで、花の手入れも好んで行っていたものの、専門家のように詳しい知識があるわけでもない。

　できることといえば数少ない肥料を確認して、僅かな知識でできる限りそれらを調合し、過不足のない最適な量を与えてあげることくらい。

　それから、水をやりながらビグと一緒に声をかけるようになった。

「綺麗に咲きますように」

「たくさん咲きますように」

　そんな願いを込めて。

　本当にささやかなことだが、セリーヌとしてはこういう積み重ねが大事だと信じている。

　そして、花のことを考えるたびに、ルシアンのことも考える。

　自分の気持ちを自覚し、花が咲いたら名前を呼ぶ――つまり花が咲いたらその時には自分の気持ちを伝えたい、と考え始めてから、セリーヌはより一層ルシアンへの想《おも》いを募らせていた。

　そうするとルシアンからの好意や愛情表現も以前より嬉しく感じる上に、素直に受け取れるようになる。

　セリーヌは会うたびにこれでもかと贈られるルシアンからのあちこちへのキスを嬉しそうな顔で受け入れ、抱きしめられれば恥ずかしがりながらもその胸にすり寄った。すっかり慣れてしまったそれが、もはや日常の一部のように感じられるほどにはなっている。

「僕の可愛いセリーヌ、おはよう」

今日も今日とて甘い微笑みを浮かべたルシアンから頬にキスを受けて、腕の中に仕舞い込まれる。

いつものようにその胸に頭を寄せようとすると、直前にパッと体が離れた。

（あっ……）

「今日の朝食はセリーヌのお気に入りのオムレツみたいだよ。さあ、行こう」

ニコニコと嬉しそうに手を差し出すルシアン。セリーヌが喜ぶと思って早く向かおうとしているらしい。

その手を取りながら、セリーヌはほんの少しだけ寂しく感じた。

しかしすぐにそんな自分に気がついて小さく笑う。

（いつもよりもハグが短い気がして寂しいなんて、私ったら贅沢《ぜいたく》ね）

それほどいつも溢れんばかりの愛情に包まれ、大事にされているということだろう。

クラウドと婚約している時には知り得なかった感情だ。

あの頃はクラウドとこうして甘いスキンシップを取ることもなく、気がつけばエリザという自分よりも彼と触れ合う存在もいた。

（でも、今となってはクラウド様にエリザ様がいたおかげで、距離を保った関係のままいられてよかったわ）

仮にも元婚約者にこんなことを思うのはどうかと思うが、そのおかげで数々の喜びをセリーヌに与えてくれる初めての相手がルシアンになった。

こんな贅沢な感情を抱けることすらも幸せに感じる。

そう思っていた。


それから数日後。

夜、寝台に横になり一人になったセリーヌはパチリと目を開けた。

（――おかしいわ）

なんだかモヤモヤと胸騒ぎがする。

いつものようにルシアンがセリーヌを朝迎えに来て、毎回の食事をともにし、嬉しそうな瞳で見つめられ、キスやハグを受けて、一日の終わりにもお休みの挨拶を交わす。

何も変わらない幸せな日常のように見える。

けれど、何か違和感がある。どこかおかしい気がする。

抱きしめられはするけれど、これまでのようにシャルルやメリムが次の予定のためになんとかルシアンをセリーヌから引きはがす、なんてことがなくなった。こちらを見つめる目には熱も好意も感じるけれど、それでもこちらが見つめ返そうとするとすぐに逸《そ》らされるようになった気がする。

それに。

（……頬や額や手に口づけはくださるけれど、唇へのキスはしてくれなくなった……？）

最近ではいつも、一日に一度は唇での口づけを交わしていたのに。

しかし、違和感を覚え始めてからはまだたったの数日だ。たまたまかもしれないし、セリーヌの考えすぎかもしれない。

抱きしめられることや見つめられることも、なくなったわけではない。

相変わらずルシアンはセリーヌとなるべく一緒にいようと時間を作ってくれているし、「可愛い」や「好き」や、もっと恥ずかしい言葉も顔を合わせるたびに口にする。

セリーヌがルシアンを受け入れたいと思うようになり、「もっと欲しい」と望むようになってしまったから、そう感じるだけかもしれない。

(私、どんどん贅沢に、欲深くなっていっているのね……)

咲いたら名前を呼ぼうと決めたあの花はまだ咲かないままだ。

このままどんどんセリーヌの想いが募り、花が咲くのを待たずに名前を呼ぶ日も近いかもしれない。

(私が名前をお呼びしたら、魔王様はどんな反応をするかしら)

驚くだろうか。飛び上がって喜んでくれるかもしれない。また子犬のようにブルーグレーの瞳を潤ませてセリーヌを見つめる姿も目に浮かぶようだ。

想像すると、顔がほころぶ。

セリーヌはふうっと深呼吸をした。

(夜に不安なことを考えてはならないというものね)

ルグドゥナ王国には「夜に不安なことや悪いことを考えると、その不安を感じ取って魔族に見つけられてしまう」という話がある。

もちろん悪い魔族などいないと今のセリーヌは知っているし、そもそもここは魔界だ。

それにきっとあれは、しない方がいいことをやめさせるための子供騙《だま》しのお話なのだ。

それでもやめた方がいいと言われることをわざわざしていいことなど一つもない。

セリーヌが魔界に来て、しばらく経った。

心地よく幸せな暮らしに慣れ切って、余計なことを考える余裕が出たということだろう。

(こんな時は、未来の幸せな時間を想像するのよ)

不安な時間が「そんなこともあったなあ」と思えるような、少し未来の想像だ。

ルシアンの名前を当たり前のように呼ぶ自分。メリムは相変わらずいつも一緒にいてくれて、シャルルとはやり直しの儀式について相談するのだ。前回は儀式がどんな意味を持つものかも知らなかった。フレデリカは「今からでも儀式なんてやめて自分と逃げよう」なんて言ってはルシアンに怒られる。きっとその頃にはビグと育てた花もたくさん咲いているに違いない。

(そう、きっとその頃には全てが当たり前の日常の一幕で、私は心から幸せに笑っているの――)

セリーヌはいつの間にか夢うつつで、意識はゆらゆらと漂っていた。

夢なのか現実なのか分からないどこかで、女神様の声が聞こえる。

――わたくしの愛しい子、あなたは正統なる聖女。邪を清め悪しきを滅してくれますか。

きっともうすぐその時が来るから、頑張ってね、わたくしの愛しい子――。

◆◇◆◇

厨房で料理人にクッキーを焼いてもらい、もうすぐ休憩のはずのルシアンと食べようと執務室に向かっている時だった。

事前にシャルルから伝えてもらい、メリムはお茶の準備をすると言ったのでセリーヌは一人で先に歩いていた。

「ルシアン陛下、顔色が優れませんね。体調を崩されていませんか？」

ふと廊下に届いたシャルルの声に、セリーヌは思わず足を止める。

「そうか？　お前の気のせいだろう」

「私もそう思っていましたが、やはり顔色が良くありません。自覚はありませんか？　夜も遅くまで眠れていないでしょう？」

「……お前はめざといな」

(魔王様の体調がよくない……？)

気になる話題に息をひそめて耳をすましてしまう。

「セリーヌ様がこれから陛下とお茶をするためにいらっしゃいますが、お断りして少しでもお休みになりますか？」

「いや、セリーヌとの時間こそが僕の一番の癒《いや》しなのは分かっているだろう？」

「……そうですが」

「この話は終わりだ。もうすぐセリーヌが来る頃だろう？」

少し待ったが、その後は他愛《たわい》のない話が漏れ聞こえるだけだった。

「あれっ。セリーヌ様入らないの〜？」

お茶を運びながら、追いついてきたメリムが不思議そうにセリーヌの顔を覗き込む。

その声にやっと体の硬直がとけ、なんとかメリムに笑顔を向けた。

「いいえ、行きましょう」

「あっ、ひょっとしてメリムを待っててくれたの〜？　えへへっ！」

執務室に入ると、すでにルシアンは実務机からテーブルの方のソファに移動していた。

セリーヌの顔を見るとパッと表情を明るくしてすぐに立ち上がり、額にキスをして自分の隣にエスコートするルシアン。

その様子もいつも通りで、特に変わったところもない。

けれど。

（確かに、少し顔色が悪い気がする……あっ、ひょっとして！）

最近少し気になっていた自分に対するルシアンの対応の変化がこのせいかもしれない。ルシアンは自身の体調不良の理由に風邪などの可能性を感じていて、セリーヌにうつすことを危惧しているのかもしれない。だから、唇への口づけは避けているし、接触も軽めにすませているのではないだろうか。

そう考えるととてもしっくりくるような気がした。

（もしそうなら、そんなの気にしなくていいのに）

元々セリーヌは滅多に風邪を引かない。それに、風邪は人にうつすと治るとも言うし、セリーヌにうつしてルシアンが元気になるならその方がいいと思えるのに。

ルシアンが自分を気遣ってくれた結果かもしれないと思うと、モヤモヤしてしまっていたことすら申し訳ない気持ちになってくる。

「可愛いセリーヌ。シャルルが僕に疲れているんじゃないかって言うんだ。僕を癒してくれる？」

明るく、わざとらしく嘆いてみせるルシアンに、それでも上の空になってしまう。

（私が、魔王様を癒す……）

さっきもルシアンは『セリーヌとの時間こそが一番の癒し』だと言っていた。

言われた言葉を心の中で繰り返しながら、セリーヌは何か自分にできることはないかと考えを巡らせていた。

「セリーヌ？」

再度呼びかけられて、これではいけないと無理やり考えるのをやめる。

その後はルシアンにねだられて、持ってきたクッキーを手ずから食べさせてあげたりした。

初めてマカロンを食べさせてあげた時から、ルシアンはこうしてセリーヌに甘えるのがお気に入りなのだ。

しばらくお茶をして、ルシアンの休憩時間が終わる。

執務室を後にするセリーヌを、名残惜しそうなルシアンがわざわざ廊下の外までエスコートを申し出てくれた。どうやら少しでもセリーヌと一緒にいたいらしい。

その様子に胸が温かくなりながら、セリーヌは一つ、思いついていた。

「ああ、いい加減戻って仕事しないと、シャルルに怒られてしまう」

そう言ってセリーヌをぎゅうぎゅうと抱きしめるルシアン。

セリーヌは気持ちの赴くままにそんなルシアンの手を引くと、それにつられて身をかがめたルシアンに顔を寄せて――初めて、自分から唇へのキスをした。

「っ！」

ルシアンは驚きのあまりか、すぐに身を離してセリーヌを見つめた。

ブルーグレーの目は動揺に満ちていたけれど、熱に潤んでいて顔が赤い。セリーヌは恥ずかしさを感じる余裕もなく、そんなルシアンの反応に僅かに安心を覚える。

自分にも何かできることはないか。そんな風に考えても、なんの力も持たないセリーヌでは、ルシアンの体調を良くしてあげることもできないし、忙しいルシアンが休めるように仕事を手伝うこともできない。

それでも、何かしたい。

そう思ったセリーヌが思いついたのが、自分からルシアンにキスをすることだった。もちろん、セリーヌ自身もルシアンとの口づけを望んでしまっていた。

(私のキスが魔王様の癒しになれば……なんて、ちょっとおこがましいかもしれないけど)

でも、ルシアンはセリーヌが癒しなのだと言っていた。その言葉を信じて。

(……え？)

しかしルシアンのその赤く染まった顔は、次の瞬間みるみる蒼白《そうはく》へと変わってしまった。

「あっ……す、すまない」

最後にセリーヌを一度軽く抱きしめると、ルシアンはそそくさと執務室へと戻っていった。

「え～？　変なルシアン様ー！　セリーヌ様からチューしてくれたから嬉しすぎておかしくなっちゃったのかな？」

少し離れたところに立っていたメリムはそう言ってケラケラと笑った。……きっと彼女にはルシアンの顔色が見えなかったのだ。

その後、セリーヌはどうやって部屋まで戻ったのか覚えていない。

メリムに体調が悪いと嘘をついて、一人にしてもらった。

夜もその嘘のまま、食事もとらずに寝台の中で丸まり、心配して訪ねてきたルシアンが部屋に入ることも断った。

そうして一人で、セリーヌはずっと小さな震えを止められずにいた。恐ろしいことに思い至ってしまったのだ。

――伝えられている聖女の伝説は詩的な書かれ方が多く、死に至るまでの詳細な状況はよく分からない。

セリーヌはまだ自分が生贄《いけにえ》だと思い込んでいた時、ルシアンが死ななかったことについて口づけ程度では効果などないのかもしれないと思った。

そして、魔族や魔王ルシアンについて知っていくうちに今度は聖女の力のおよぶ範囲がどうであれ女神の託宣にあった『悪しきもの』は彼らのことではないのだと考えるようになった。

だって、ルシアンは聖女であるセリーヌと口づけを交わしても死ななかったのだから。

（……だけど、そうじゃなかったんだとしたら……？）

即死に至るのだと勝手に思い込んでいたが、口づけ程度ならば遅効性である、などという可能性も十分にある。

そんなことも思いつかないほど、セリーヌは自分に与えられた幸せに浸っていたのだ。

セリーヌにそんな資格などなかったのに。

（どうしよう、魔王様を癒すどころか……）

考えれば考えるほど、血の気が引いて指先が冷えていく。湧き上がる嫌な予感は、セリーヌの中でほぼ確信に変わっていた。

（私は間違いなく聖女で、そして、私の口づけは魔王様にとってやっぱり猛毒だったんだわ）

だから今、彼は目に見えて体調を崩し始めている。シャルルが気づくほどに。

時間をかけて、自分の力がルシアンを蝕《むしば》んでいったに違いない。

セリーヌは丸まったまま震えながら、溢れ出る涙を止められずにいた。

どうか勘違いであってほしかったけれど、もう目を逸らすことはできない。

セリーヌはやはり、言い伝えられていた通り、魔王の天敵である聖女なのだ。

このままいけばきっとセリーヌの愛は、魔王であるルシアンを、殺してしまう――。

◆◇◆◇

「セリーヌの様子がおかしい」

ルシアンの呟《つぶや》きに、シャルルがため息をつく。

「陛下もそう思われますか」

そう、ここしばらくセリーヌの様子が明らかにおかしいのだ。

どこかよそよそしく、笑顔も引き攣《つ》っていることが多い。最近ではルシアンのスキンシップに対しても嬉しそうにしていることが多かったのに、今はその全てを強張《こわば》った顔で受けている。

それならばまだいい方で、さりげなくかわされることさえあった。

（それに、少し避けられている気がする……まさか、嫌われた……？）

目に見えて落ち込むルシアンに、シャルルがたずねる。

「何か心当たりはないのですか？　また誤解が生じている可能性は？」

シャルルの言葉は、セリーヌが自身を生贄だと思っていたことをさしている。だが、それ以降に誤解されるような何かがあっただろうか。少し考えてみるが、ルシアンにはわからない。

ただ、心当たりについて、実は一つだけルシアンにも思い当たることがあった。

（セリーヌの様子がおかしくなったのは、恐らくあの時からだ）

それは、初めてセリーヌの方から唇への口づけをしてくれた時のこと。

あの時、ルシアンにはとある変化が起こっていた。もちろん良くない変化だ。

そのことに気づかれてはいけないと、慌てて執務室へ戻ったのだ。今思えばとても不自然な行動だったかもしれない。

セリーヌはそんなルシアンを不審に思ったのかもしれない。そこから何か誤解が生じた可能性も、ないとは言いきれないだろう。

（いや、そもそも絶対にバレてはいけないと思ったあの変化に気づかれてしまった可能性も……）

ルシアンは頭を抱えた。

「あああ、どうしよう……」

「なにか心当たりがあるのであれば、きちんとお話しするしかないのでは？」

「分かっている……」

しかし、そもそも隠したくてこうなったわけだ。話をするのにも勇気がいる。

（話したことで、セリーヌが自分から離れていこうとしたらどうしよう……）

それでもやはりこのままではいられないと、ルシアンは覚悟を決めてなんとかゆっくり話をする時間を持とうとしたが、セリーヌはそれすら避け始めた。ルシアンとしても嫌がるセリーヌに無理強いをすることができず、どうすればいいのかますます分からなくなっていく。

そうしているうちにセリーヌは食事を前ほどとらなくなり、部屋にこもることも増えた。外に出るのはビグたちと花の世話をする時と、最低限ルシアンと食事をともにする時間だけ。

その食事の時間も数回に一回は体調が悪いと言って断られてしまう。

セリーヌは、たった数日の間にみるみるやつれていった。

◆◇◆◇

セリーヌは葛藤の中でもがいていた。

心配をかけてしまっているのも分かる。

それでも、普通に振る舞う余裕すらない。

（私は、どうしたらいいの……？）

どうすればいいのか。本当は、その答えは一つしかない。

全てを打ち明けるしかないのだ。……自分が聖女であることを。

（だけど、そうすればもう魔王様とは一緒にいられなくなる）

セリーヌは、どうしてもその決心をつけられずにいた。

自分が聖女である以上、ルシアンとは絶対に結ばれることはない。

頭では理解しているのに、簡単には決別できないほど、セリーヌのルシアンに対する想いは大きくなりすぎていたのだ。

しかしこのままズルズルと側《そば》にいて、ルシアンが自らの体調の変化の原因がセリーヌにあると気がついてしまったら。

そう考えると恐ろしくなる。

（私は魔王様が好き。だけど、魔王様からすれば自分を殺すために側にいたのだと思われてもおかし

くない）

今抱いているこの想いを殺意だと誤解されるのはとてもじゃないが耐えられそうにない。

しかし最初はそうだったということもセリーヌの心に陰を落としていた。殺すつもりで側にいたくせに、ルシアンの人となりを知ったからとその事実をなかったことのようにした。このまま側にいられると思っていた――この苦しい現状はそんなセリーヌへの罰のようにも思えた。

寝台から出てこないセリーヌを、メリムがドアから顔を覗かせて心配そうに様子をうかがっている。

「セリーヌ様、何かあったらすぐにメリムを呼んでね」

不安そうにそう告げて、希望通りに一人にしてくれた優しいメリムに、余計に胸が苦しくなる。

（メリムもシャルルもフレデリカさんも、ビグだって私を心配してくれている。もちろん、魔王様も……）

ヒソヒソと、他の使用人たちが囁《ささや》いている話も耳に入ることがあった。

「セリーヌ様、陛下のことが嫌いになってしまわれたのかしら？」

「妃殿下になってくださるの、楽しみにしているのに……」

「もしや、陛下のご寵愛《ちょうあい》が重すぎたのでは!?」

「陛下、クールに見えてセリーヌ様の前で別人のようにデレデレだったもんね……」

「どうかまた明るい笑顔を見せてくれるようになればいいのだが」

そんな声が聞こえてきて、セリーヌは気がついてしまった。ルシアンに妃《きさき》がいるのかもしれないと思うきっかけの一つだった、「魔王妃殿下」や「陛下のご寵愛」という言葉は全てセリーヌをさしていたのだ。

少し前のセリーヌ私だったら、素直にそのことを喜べただろう。

(だけど、今はとてもじゃないけどそれを喜ぶことなんてできない)

そんな風に受け入れてくれている魔族たちも、皆セリーヌの正体を知らないのだ。知ってしまえば、今のように好意的に接してもらうなど到底無理だろう。

セリーヌが魔王妃殿下になる未来は決して訪れない。

ルシアンのセリーヌへの寵愛は、彼の命を脅かす。

セリーヌは、魔王の天敵『聖女』なのだから。

昼を過ぎた頃にセリーヌは寝台を出てビグの庭園へ行くことにした。寝てばかりもよくないだろうと、体調が悪くないならどうかとメリムに誘われたのだ。

昨日もこもりきりで花の世話にもいかなかったから、ビグも寂しがっているかもしれない。

「あのね、セリーヌ様、きっと喜ぶと思うよっ！　楽しみにしててねっ！」

誘いに頷《うなず》いたセリーヌの隣を歩きながら、メリムは見るからに浮かれている。

何を喜ぶというのだろうかと不思議に思ったセリーヌだったが、その言葉の意味は庭園についてすぐにわかった。

「花が……！」

こちらに振り向いてにこにこと笑うメリムの向こうには、いくつも花が咲いていたのだ。

「ねっ！　すごいでしょっ？　昨日急にいくつか咲いててびっくりしたんだ～。セリーヌ様に見せたくて、先にバラしちゃわないようにメリムすっごく我慢したんだよっ」

蕾がついていればいい方で、なかなか咲かなかった花たち。

そのほとんどの蕾が一斉に花開いたのだ。

その中にはセリーヌが願いをかけた花もある。

「あは、はは……はい、すっごく綺麗ですね……」

「ねー！　すごいねっ！　って、セリーヌ様泣いてるの!?　どうしたの？　どこか痛い？」

「いえ、大丈夫です。ちょっと、感動しちゃって……」

「本当？　それならよかったー！　うんうんっ！　お花、すごいもんねっ！」

セリーヌは、この花が咲いたらルシアンの名前を呼ぼうと決めていた。

けれどもう、それはできない。

綺麗な花たちを見て、セリーヌは改めてそれを思い知ってしまった。

セリーヌの姿を見つけて、花の側に座り込んでいたビグがゆっくりと近づいてくる。彼は大きな体を揺らしながら、少年のような瞳をキラキラと輝かせている。本当に、なんて純粋な目なのだろうか。

「セリーヌ、さま」

「昨日は来られなくてごめんね、ビグ」

「こんなに、いっぱい。はじめて」

ビグは嬉しそうにはにかんでいて、花がたくさん咲いていることに興奮しているようだ。

まだ少なめではあるけれど、胸を張って庭園と言えるくらいには咲いている。

ビグとメリムとともに花に水やりをしながら、セリーヌはひっそりと決意していた。

(魔王様にお別れを言おう。私が聖女だということは……言う勇気が出ないかもしれない。だけど、とにかく一刻も早く彼から離れないと。これ以上私の存在があの人を傷つけてしまう前に)

メリムたちに異変がなさそうなところをみるに、恐らく直接触れたりせず、ただ近くにいるだけではなんの影響もないのだと考えられる。言い伝えでも聖女の体液や血液が猛毒になると伝えられていて、側にいるだけで弱らせることができる、などという内容は一つもなかったはずだ。

けれど、セリーヌの気持ちとしては「それなら側にいるくらいはいいだろう」とはとてもじゃないが思えなかった。それにこのまま側にいれば、本当に離れられなくなる。今でさえ耐えがたいと思ってしまっているのだから。

ここが引き返す最後のチャンスのような気がしていた。

◆◇◆◇

「セリーヌ、もう体調は大丈夫なのかい？」

「はい、昼間にはビグやメリムと花のお世話もしました。すっかり元気です」

ルシアンの執務室に入ると、セリーヌの訪問に気がついたルシアンが慌てて立ち上がり近づいてくる。

セリーヌの顔を覗き込んで、そこに最近いつも浮かんでいた憂いがないことに気づき、ルシアンはホッと安堵《あんど》した。

「じゃあ今日は夕飯も一緒にとれるかな？」

「はい」

「すぐに残りの仕事を片付ける！」

嬉しそうにいそいそと執務机につくルシアンを見ながら、セリーヌはソファに座った。

隅に控えたメリムとシャルルも心なしか嬉しそうだ。

最近あまり仕事に身の入らなかったルシアンはものすごいスピードで残りの書類をさばいていき、夕方になる頃にはあっという間に今日の分を終わらせてしまった。

「少し早いけど、もう食事にしよう。せっかくだからその後お茶しないかい？」

「そうしたいです。魔王様とゆっくりお話しできたらと思っていたので」

「じゃあそうしよう！　シャルル、美味しい焼き菓子がなかったかな？」

「準備しておきます」

「焼き菓子ですか？」

「セリーヌが元気になったら一緒に食べようと思って、君の好きそうなものを用意していたんだ」

「まあ……」

ルシアンは本当に優しい。

セリーヌは心からの喜びに顔を綻ばせた。それをみたルシアンも嬉しさを隠しきれない。最近ではあまり見ることができなかったセリーヌの本物の笑顔だったからだ。

その表情を見て、ルシアンは今日の食後のお茶の時間に、大事な話をしようと決めた。

しかし、セリーヌもまた、大きな決意をしていたのだ。


食事はいつもより少し豪華だった。おまけにどれもセリーヌが好きだと伝えたものばかりで。

ルシアンと会話を楽しみながら、味わって食べていく。

「よかった、セリーヌ。食欲も戻ったみたいだね」

「……はい。ご心配をおかけいたしました」

「いや、君が元気ならそれでいいんだ」

実際のところ、そこまで食欲が戻ったわけではなかった。

しかし、この時間を、この心のこもった料理の味を忘れないようにしたかったのだ。

食事だけではない。魔界に来てこの魔王城で過ごした全てを、心に刻みつけたかった。

（きっと、最後になるから……）

食後はティールームで過ごすことにした。

いつも就寝前はセリーヌの部屋で過ごすことが多く、この場所を使うのはほんの数回目だ。

けれど、この後のことを考えると自室ではない方がいいだろうと思い、セリーヌから「たまにはここでお茶をしたい」とお願いした。

「庭園の花がとても綺麗に咲いているらしいね」

「はい。ビグがずっと心を込めて手入れをしてくれていたからだと思います」

「君も手伝ってくれていたんだろう。聞いたよ、人間界でも君が育てると綺麗に花が咲くと評判だったんだって？」

「メリムから聞いたんですか？」

テーブルを挟んでソファは二つ、向かい合って置かれている。けれどルシアンはいつでもセリーヌの隣に座る。

今も肩が触れそうに近くに座り、膝に揃《そろ》えたセリーヌの手に触れていた。

初めの頃はこの距離の近さに戸惑っていたセリーヌもすっかり慣れ、今ではむしろこうでなければ落ち着かないくらいだ。

魔界に来るまでは考えられなかったほど、存分に甘やかされてきた証拠だろう。

「花だけじゃない」

「え……？」

ルシアンは幸せそうに微笑み、セリーヌを見つめて続ける。

「セリーヌがここへ来てくれてから、誰もが以前よりずっと元気で明るく、幸せそうだ。メリムもシャルルもいつか言っていただろう？　心だけじゃなくて、体まで健康になったようだしね」

確かに、いつだったかメリムたちがセリーヌを揶揄うようにそんな会話をしていた。その時のことをさしているのだろう。

「ビグもそうだし、フレデリカもそうだ。あいつはセリーヌが来るまでもっと無気力な奴だった。ロは元々悪かったが」

「ええ？　そうなんですか？」

セリーヌからすればフレデリカは明るく快活で、気も強い。無気力とは対極にいるように思う。

不思議そうなセリーヌに対し、ルシアンはそうだよ、と頷く。

「フレデリカは何にも興味が湧かなかったんだよ。そんなあいつがセリーヌをすぐに気に入った。……だからこそ、僕としては君を彼女に会わせたくなかったわけだけど……あいつは欲しいものを手に入れるためなら遠慮しないから」

嫌そうな顔でそんなことを言うルシアンに、セリーヌもつい零す。

「実は私、初めてフレデリカさんに会った時に、彼女が魔王妃殿下で、だから魔王様は生贄である私と彼女を接触させたくなかったのかと思っていました」

「まさか！　勘弁してくれ」

「ふふ、そこまでですか？」

ルシアンの悲鳴のような否定に思わず笑ってしまう。ついでにこれも言っておこう。

「ちなみに、最初はメリムのことも魔王妃殿下かと勘違いしました」

今度はルシアンの顔が少しだけ青ざめる。

「……それ、シャルルにだけは言わないでくれ。あの冷静でいつもすましている男はメリムのことになると死ぬほど恐ろしくなるんだ」

「ふふふ」

メリムが淹《い》れてくれたお茶を飲む。いつかセリーヌが好きだと漏らしたものだった。

今はメリムもシャルルも退室して、このティールームにはルシアンと二人しかいない。

ふと会話が途切れた瞬間、この場の空気が変わる。

「セリーヌ」

「はい」

「僕は君が本当に好きだ。これからもずっと一緒にいたい。もちろん君の返事を急《せ》かしているわけじゃないよ。……だけど、だからこそ一つ、聞いてほしい話があるんだけど……」

真剣な目をしたルシアンの言葉を、セリーヌは遮った。

「魔王様、その前に私の話を聞いていただいてもいいですか？」

予想外の展開に、ルシアンは瞬くが、すぐに気を取り直して頷いた。

「なんだい？」

いつだってそうだ。ルシアンはセリーヌを優先してくれる。それが分かっていてセリーヌはこのタイミングで切り出した。自分でもずるいと思う。

セリーヌはふわりと微笑んだ。

不思議そうなルシアンのブルーグレーの瞳に映る自分の姿がよく見える。

与えてもらった愛と幸せを踏みにじる、とても薄情な卑怯《ひきょう》者の顔だ。

「私、魔王様のお名前をお呼びすることはありません。この先もずっと、絶対にです」

セリーヌの手を握るルシアンの手に、ぎゅっと力が込められた。

力が入っているから分かりにくいが、その手が僅かに震えているのがセリーヌにまで伝わる。

「……セリーヌ」

「ずっとお待たせしていたのに、期待に応えられなくてごめんなさい」

「セリーヌ」

「私きっと、随分思わせぶりでしたよね？　なかなか言い出しにくくて」

「セリーヌ！」

動揺してしまわないように、心が揺れてしまわないように、必死で意識して。セリーヌはなおも微笑んだまま首を傾《かし》げる。

「なんですか？」

ブルーグレーの瞳が揺れている。

「それは……僕とは、絶対に結ばれる気はないということか？」

「はい、そうです」

セリーヌはきっぱりと答えた。

ルシアンの顔から一瞬で表情が抜け落ちていく。

「僕は、今更引き返せないと言った」

「儀式の時に、そうおっしゃっていましたね」

「いつまでも待つけど、手放してはやらないとも言った」

「覚えています」

「だったら、いつか君の気持ちが変わるまで、何年でも僕は――」

「何年待たれても、絶対に変わらないと気がついたんです」

セリーヌを縋《すが》るように見つめるその瞳が、いつのまにか潤んでいる。

それに一瞬動揺しそうになるが、なんとか平静を装った。今、目を逸らすわけにはいかない。

「……セリーヌは、僕が嫌いか？」

「嫌いではありませんよ」

「っそれなら！」

「嫌うほど、興味がないのです」

「……っ！」

今までにないほど冷たいセリーヌの答えに、ルシアンが震えた。

「それに、魔王城も正直、居心地が悪くって。皆さんよくしてくれますけど、やっぱり私は人間でしょう？　どうにも肌に合わないといいますか……」

嘘だ。こんなにも温かで幸せな場所をセリーヌは知らない。

「……例えばここを出て、どうするつもりなんだ？」

「そうですね……考えついたら、出て行こうと思います」

城下にはセリーヌの顔は知られてしまっている。近くにはいられない。

ルシアンにもらったプレゼントを売り渡してお金にかえれば、当面の生活費は工面できるはずだ。

きっと優しいルシアンは、セリーヌがそうしたところで、責めも怒りもしないだろう。たくさん悲しませてはしまうだろうけれど。

最後までその優しさにつけ込む罪悪感がないわけではないが、もうそんな甘いことを言っている場合ではないのである。

資金を作り、ここから離れた場所で、魔界の田舎の小さな村にでも辿《たど》り着けたらと考えている。そこでどうにか暮らしていける仕事を探すのだ。最悪の場合、貴族令嬢の嗜《たしな》みとして身につけた刺繍《ししゅう》もお金にはなるだろう。

どうせ人間界には戻れないし、戻れたとしてそれこそセリーヌの居場所などないのだから。

こうして恩知らずにも酷《ひど》い態度をとっていれば、ルシアンもさすがにセリーヌに対して嫌気が差すはずだ。

自分が出て行った後、探そうなんて気を持つこともなくなっていればいい。セリーヌはそう考えていた。

「僕は諦めない」

「本音を言うと、そういうのもいい加減うんざりなんです」

酷い言葉を言うたびに、胸が張り裂けそうに痛む。

しかしセリーヌはそんなことはおくびにも出さず、少しも微笑みを崩さずに淡々とした態度をとり続けた。

「……今日は戻るよ、部屋まで送る」

「結構です」

「明日また話そう、少し落ち着いて」

「結構です」

「……メリムを呼ぶ」

嫌な受け答えを続けているのに、どうしてルシアンはこんなに優しいのだろう。

（ああ、でも、そういう人だからこんなに好きになってしまったんだわ……）

セリーヌの手を握っていたルシアンの温《ぬく》もりが離れていく。

彼は緩慢な動きで立ち上がり、扉を開くと、最後にもう一度振り向いた。

「僕は、それでも君を愛している。たとえ、どれほど君が僕を嫌おうと」

絞り出すような言葉とともに、ついにブルーグレーの瞳から涙が一粒零れた。

そのままルシアンは部屋を後にする。

ゆっくり閉じていく扉がパタン、と閉じ切った瞬間、セリーヌは体が引き裂かれるような痛みを味わった。

ルシアンを、泣かせてしまった。

まさか、泣くなんて思っていなかった。

軽蔑されたり、失望される覚悟はしていたが、それよりもよほど辛《つら》い反応だった。

（でも、こうするしかない。私は絶対に、魔王様と結ばれてはいけないのだから……）

例えば自分が聖女であることを打ち明けて、万が一それでもいいとルシアンがセリーヌを受け入れてくれようとした場合には、もう取り返しがつかない。

軽い口づけの積み重ねで目に見えて聖女の力の効果が表れ始めてしまったルシアンの体。

もしも、何かの弾みでその先に進んでしまったら一体どうなってしまうのか？　その答えは最初から分かっている。

ルシアンは、確実に命を落としてしまうだろう。それが聖女の力なのだから。

そうじゃなくとも、側にいるだけでいいからと望まれてしまったら？

決してセリーヌに触れることなく、命を脅かされないように注意を払って側に居続けることならば、不可能ではないのかもしれない。

しかしきっと、それもとても辛いことだ。

ルシアンは魔王である。いつか後継の子供をもうけるために他に妃を持つことになるはずだ。

それを、ルシアンの側で見続けることになるのだろうか。側にいることと引き換えに、愛する人が他の人と幸せになっていく姿を、ただ見ることしか許されずに。

そんなのは耐えられない。

それならばいっそ今すぐ嫌われて、二度と会えなくなる方がいい。

そうすればルシアンも心置きなく別の愛する人を見つけられるはず。

セリーヌは一人、心の中でずっと、ルシアンを愛し、綺麗な思い出にして生きていくのだ。

どうするか思いついたら出て行く、とは言ったが、セリーヌはすぐにでも魔王城を出ようと思っていた。

城内は安全で、身を守ることを考える必要もない。

魔界のことをほとんど知らないセリーヌが、一人で出て行き、知らない場所で生きていくなど、無謀だということもわかっている。

しかし、ルシアンを死なせてしまうくらいならば、自分は魔物に食われて死んでも構わないと思っていた。

ティールームにメリムが入ってきた。きっとルシアンが呼んでくれたのだろう。

（本当に優しい人。怒ってもおかしくないようなことばかり言ったのに、まだこうして私のことを気にかけてくれている）

「セリーヌ様？　ルシアン様と何かあった……？」

いつも元気で明るいその声も今にも泣きそうだ。無邪気で子供のように振る舞うことの多いメリムだが、繊細で気配り上手な女の子だ。きっとこの不穏な空気を敏感に感じ取っているに違いない。

「……いいえ、大丈夫ですよ」

「でもっ」

「仕方ないことだから、気にしないでください」

「……メリム、何かあっても絶対絶対セリーヌ様の味方だからねっ！」

どうしてメリムはこんなにも自分のことを慕ってくれるのか、セリーヌには不思議でならない。

どちらにしろこの純粋で可愛い妖艶美女ともうすぐお別れなのだ。

（きっと私が黙って出て行けば魔王様だけじゃなくメリムやみんなのことも傷つけてしまうよね。だけど、どうか許して……）

何があっても、どれだけ傷つけても、セリーヌはルシアンを殺したくない。そして、自分の存在がルシアンを傷つけるという事実も、できれば知られたくないと思ってしまう。それはセリーヌの我儘《わがまま》にほかならない。

（愛する人を心のまま愛したらその人を殺してしまうなんて、女神様は残酷だわ……）

どうしてセリーヌが聖女に選ばれてしまったのだろう。

いっそ、温かさなど知らずに本当にただの生贄として死ねたならよかったのに。

そんなことを思いながら、ふらつく体が倒れてしまわないように、一歩一歩踏み締めて、セリーヌは部屋へ戻っていった。

◆◇◆◇

セリーヌと別れた後、自室ではなく執務室に戻ったルシアンは、時間が経ち、夜が更けてもまだじっと考え込んでいた。

「ルシアン陛下？　一体ティールームで何があったのですか？」

事情を知らないシャルルはそんなルシアンの様子に困惑しきりである。

結局ルシアンの話したかったことを聞いてもらうこともできずに、セリーヌに拒絶されてしまった。

しかし、セリーヌは知らないことがある。

「僕を拒絶する時、セリーヌの心は泣いていた。セリーヌに何かがあったのは間違いないんだ」

「拒絶？　心が、ということは魔力の繋《つな》がりでそれが本心ではないと分かっているということですよね？」

「ああ」

人間であるセリーヌが魔界で生きて行けるようにするために、その体にルシアンの魔力を馴染ませている。儀式は中断したが、あの時結びの口づけまでは交わしていた。魔力はゆっくりではあるが徐々に馴染んでいるのだ。

魔力が他者に馴染むと、そこに繋がりが生まれる。

何を考えているかまではっきりと分かるわけではない。しかし、繋がった魔力から、強い感情だけはなんとなく感じ取れるようになる。

（セリーヌは僕を拒絶するとき、表情も変わらず迷いもなかった。……だが、辛くて悲しいと心で泣いていた）

「どうするつもりですか？」

「どうしたらいいんだろうな……本心じゃないことは分かっても、強く拒絶するほどの何かがあったことは確かだ。それが分からないことには……」

セリーヌは本気でルシアンから離れようとしている。それは間違いのない事実だった。

（それだけはダメだ……セリーヌが側にいてくれる幸せを知った今、彼女のいない時間など耐えられるわけがない）

そんな風に考えていると、セリーヌについていたメリムが勢いよく執務室へ飛び込んできた。

「ルシアン様っ！！　セリーヌ様に何をしたのっ⁉」

「メリム……」

「うう、うわーん！　セ、セリーヌ様がっ、セリーヌ様が悲しいのなんてメリムやだよ〜！」

（僕だって、セリーヌにはなんの不安も恐怖もなく僕の側で笑っていてほしい）

ぐすぐすと泣くメリムを、シャルルが隣で支える。

「今日、お花を見た後はセリーヌ様元気だったのに……」

魔界に来たばかりの頃、自分を生贄だと思っていたセリーヌ。その誤解がとけてからは随分心を許してくれていたように思う。

だが、ルシアンの知らない何かがまだ彼女の中にあるのだろうか。

そうして話している中で、最初に異変に気づいたのは魔力感知能力に長けたメリムだった。

ピクリと肩を揺らし、呆然《ぼうぜん》と顔を上げる。

「ルシアン様……何か……変なものがくる……」

ついで、ルシアンとシャルルも同じものを感知する。

バタバタと走る音が響き、大きくドアを開けて焦った顔を覗かせたフレデリカが叫んだ。

「ルシアン！　人間界とのゲートが開いてる!!」

「なんだと？」

ゲートは通常、決められた日にしか開かない。

人間がゲートの鍵にしている水晶に魔力を注ぎ、こちらが魔力で応えることで繋がるのだ。

つまり、本来人間が一方的に開けられるものではない。

万が一魔族の誰かがルシアンやシャルルたちの知らぬところで勝手に人間側に魔力で応えたとしても、ルシアンがそのことに気がつかないわけがない。それなのになぜ、突然ゲートが開くというのか。

とにかく、異常事態であることは間違いなかった。

ルシアンは三人を連れて急いで謁見の間に向かった。

いつもゲートが繋がるのはこの場所だ。

ほんの数ヶ月前、セリーヌが現れたのもまたここである。

しかし、謁見の間にはなんの異変も見られない。

「確かに妙な魔力は感じるのに……ただ、あまりに歪《ゆが》んでいて場所がはっきり分からない。魔力が暴れているのか？」

無理やりゲートをこじ開けた影響か、魔力があちこちに乱れて飛び散ったように歪みを生んでいるようで、強い魔力の唸《うな》りを感じるのだ。

苛立《いらだ》ったようにフレデリカが声を荒らげる。

「ルシアンにも特定できないなら私とシャルルは無理だわ。メリムは!?」

城内がどんどん騒がしくなっていく。城につとめる他の魔族たちも異変に気がつき始めたらしい。

（しらみつぶしに探すより特定した方が早いが、そうも言っていられないか？）

そう思っていたが、ルシアンは唐突に気がついた。

（違う……暴れているのはゲートから溢れた魔力ではない……二つある。だから僕には感知できなかったのか！　この魔力は――セリーヌ！）

「セリーヌ様のお部屋っ！」

ルシアンが身を翻して走り出すのと、メリムが叫ぶのは同時だった。

ゲートの魔力はセリーヌの部屋から漏れている。

そして、暴れていると感じた魔力はセリーヌに馴染んだルシアンの魔力だった。

（くそっ、魔王城は安全だからと護衛もいないのは問題だった……！）

魔王城にはルシアンはもちろん、メリム、シャルル、フレデリカがいる。他の魔族たちでは彼らに到底太刀打ちできないため、通常は魔王城にいるだけで安全が確保された状態なのだ。

そして、人間界よりよほど平和なこの場所には護衛騎士を職に持つものはいない。

転移しようにも、セリーヌの魔力が暴れていて、その彼女と魔力が繋がっているルシアンが今それを実行して正確な位置に移動できるかが分からない。

最悪セリーヌに負担をかけかねない危険があった。

（せめて、儀式が最後まで終わっていれば……！）

結びの口づけで魔力は馴染み始めているが、完全ではない。儀式にはあと一つ、ささやかだが重要な行為が残っていた。

それが終われば馴染んでいる途中でもルシアンとの繋がりは完全なものになるのだ。

しかし、今更そんなことを言っても仕方ない。

乱れていて感知できなかった魔力も近づけば近づくほどはっきりしたものになる。

（今までゲートは謁見の間にしか繋がらないと思っていた、僕の甘さだ……！）

部屋にいた二人の人物が振り向いた。

勢いよくセリーヌの部屋の扉を開ける。

「セリーヌ！」

◆◇◆◇

異変が起こった頃、セリーヌは部屋で荷物の整理をしていた。

夜の間に、すぐに出て行こうと思っていたのだ。

しかし、そうしているうちに何かピリピリと肌が粟立《あわだ》つような奇妙な感覚を覚えた。

（なに……？）

戸惑い、立ち上がろうとした次の瞬間、部屋の中が真っ白になるほどの強烈な光が発生した。

「きゃっ……!?」

思わず顔を背け、手で庇《かば》うように身を翻し、目を瞑《つぶ》る。

光が収まった後も、あまりの眩《まぶ》しさにすぐには目を開けることができない。

「――セリーヌ」

誰もいないはずの部屋でかけられた声に、時が止まったような気がした。

（嘘よ……そんなはずがない……）

まだ目が開けられない。

ブルブルと震え、うずくまったままでいるセリーヌの肩にそっと誰かの手が触れた。

「セリーヌ、ああよかった……！　本当に無事だったんだね！」

信じられない思いで、やっと瞼《まぶた》を開く。床に向けた目に絨毯《じゅうたん》の模様がハッキリ映るようになり、顔を上げると。

「セリーヌ、大丈夫かい？　遅くなってすまない。でも、もう大丈夫だ」

そこにいたのは、安堵を浮かべ、どこか泣きそうな顔でこちらを見つめるクラウドだった。

「どうして……」

呆然と呟くセリーヌの視線に合わせて、クラウドもその場に跪《ひざまず》く。

「詳しい話は後で。今はまずここから逃げないと」

「逃げる……？」

全く状況が飲み込めない。

なぜクラウドが魔界にいるのか。おまけにここは魔王城だ。

どうやって来たのだろうか。そもそもなぜクラウドがここへ？　邪魔者だったセリーヌがいなくなり、大喜びでエリザと幸せに暮らしているのではないのか。

「セリーヌ？」

クラウドの手がセリーヌの頬に伸びたところでハッと我に返る。

「いやっ……！」

伸ばされた手を振り払い、急いで立ち上がると、セリーヌはすぐにクラウドと距離をとった。

「セリーヌ、聞いてくれ。俺たちの間には大きな誤解がある。だけど、今はそれどころじゃない。魔王や魔族に見つかる前に、早く逃げよう！」

「意味が分からないわ！　それに、逃げるってどこへっ……」

「人間界にさ！　こんなところにいては、いつ殺されるか分からない！　とにかく話は人間界へ戻ってからにしよう。さあ、こっちへおいで」

(私が、人間界へ帰る……？)

ルシアンの元を去ると決めても、人間界に帰るなんて一度も選択肢に上らなかった。

それは単純に方法がないからという理由もあるが、何よりも、人間界にもセリーヌの居場所などないと分かっているからだ。

帰れるわけがない。帰りたくもない。

「私──」

その時、勢いよく部屋の扉が開け放たれた。

「セリーヌ！」

息を乱しながら姿を見せたルシアンに、クラウドとセリーヌは思わず振り向く。

「あ……」

ルシアンはクラウドの姿を見て顔を顰《しか》めている。

(そうだわ、魔王様は私に婚約者がいたことを知っていた。まさか、クラウド様のことも知っている……？)

「お前はなぜここにいる？」

ルシアンが優しい人だと知っているセリーヌでも、底冷えするほどの恐ろしい声だった。

何もできずに立ちすくむセリーヌに、クラウドが急いで近寄るとその手をもう一度伸ばした。

「セリーヌ！　早く！」

ルシアンはハッとすると、縋るようにこちらを見た。

セリーヌとルシアンの目が合う。いつだって温かくセリーヌを見つめていたブルーグレーの瞳が揺れている。

今、その目に浮かぶのは不安と恐怖だ。

「セリーヌ、人間界へ帰ろう！　早く俺の手を取るんだ！」

目の前に差し出されたクラウドの手。

けれど、セリーヌは愛しいルシアンから目を逸らせない。

「早く！　……君は、俺を愛しているだろう⁉」

叫ぶようなクラウドの声に、体が突き動かされた。

セリーヌはクラウドのことなどもはやなんとも思っていない。拒絶も何もないほどに。

しかし、今目の前にいるのは愛するルシアンだ。……決して、結ばれてはいけない人。

愛しているからその《ルシアンの》手を取れない。

愛していないから……この《クラウドの》手を取るべきなのかもしれない。

混乱の中で、ルシアンの後ろからメリムやシャルル、フレデリカも現れた。

「やだやだ、セリーヌ様、メリムを置いてかないでよお！」

「セリーヌ様、どうして……陛下、何をしているのですか！」

「セリーヌ様っ！　どこにいくつもりなの⁉」

セリーヌはクラウドの差し出された手を取った。

視線はルシアンから離すことができないまま。

その目がみるみるうちに絶望と悲しみに染まっていく。

(ごめんなさい……愛しています、魔王様)

決して伝えることができない想いを胸に抱いて。

重ねられた手が、クラウドによって力強く握られる。

「よかった、セリーヌ！　さあ、帰ろう！」

次の瞬間、またもや眩しい光がセリーヌやクラウドの体を包み込んでいく。

今度は光の中心にいるからか、眩しくて目が開けられないなんてことはなかった。だが、どんどんと視界が真っ白に塗りつぶされて、何も見えなくなっていった。

それでも最後の最後まで、セリーヌはルシアンから目を逸らすことができなかった。

ついにブルーグレーの瞳がどこにあるかが分からなくなった瞬間、空気と景色が一瞬で変わる。

「セリーヌ、どうして――」

最後に耳に届いたのは、これまで何度もセリーヌに幸せをくれたルシアンの、零れ落ちるような声だった。

第五章◆戻ってきた人間界で

「セリーヌ、今日もあまり食事をとらなかったようだね。まだ体が辛《つら》いかい?」

メイドに下げられていく皿を見ながら、部屋に入ってきたクラウドが心配そうにたずねる。

「私のことはお気になさらず。放っておいてください」

魔界へ行く前のセリーヌからは考えられないほど冷たい受け答えだった。

「……よほど、魔界で辛い目に遭ったんだね。可哀想《かわいそう》なセリーヌ」

クラウドは悲痛な顔でポツリと呟《つぶや》いた。

(違う、魔界ではこんなに幸せでいいのかと不安になるほどだったわ。いつかこの幸せがなくなってしまうんじゃないかと怖いほどだった。結局、自分から手を離してしまったけれど)

自分が聖女などではなければ。何度そう思ったか分からない。それを今、目の前のクラウドに説明する気にはなれないが、かと言って軽々しく見当違いな哀れみを向けられたくはなかった。

セリーヌが魔界から人間界に戻り、すでに三日ほど経過した。

クラウドは自分の手を取ったセリーヌに気を良くしているようだが、セリーヌはなにもクラウドだからその手を取ったわけではない。むしろあの瞬間、他に選択肢があったなら決して選ばなかっただろう。

全てはルシアンがセリーヌに失望してくれればと思っての行動だった。

本当ならば人間界に戻らず、魔界のどこかでひっそりと暮らしたかった。それができなくとも、クラウドの元へなど戻りたくなかった。

「色々と忙しくて、なかなか君といる時間を作れなくてすまない。もう少しして落ち着いたらきちんと話をするから」

微笑《ほほえ》みながらそういうクラウドに、なんの感情も湧かない。

なぜか人間界に戻ってきてすぐに、セリーヌはこの部屋に通された。どうやら神殿にある客室の一つらしい。

色々と整理しなければいけないことがあるからとこの部屋に留《とど》まるように言われてしまい、ずっとここで過ごしている。

アレスター伯爵家に戻らずにすんだことはよかったが、これからどうするべきかをずっと考えていた。

(ずっとここにいるわけにはいかないわ……)

人間界の人たちは今でもセリーヌを生贄《いけにえ》だと思っているはずだ。

魔王や魔族が生贄を渡すように要求してきた時のためにこうして神殿にいさせられているのだろうか。

(いいえ、そもそもなぜ生贄である私をわざわざ人間界へ連れ戻したのかしら……？)

セリーヌはルシアンが報復などするような人ではないと知っているが、他の人間たちはそんなことは知らずに魔族を恐れているはずだ。それなのに危険を冒してまでどうして連れ戻されたのかが分からない。そんなことをしてもなんの得にもならないはずなのに。

それ以前に、なぜセリーヌが生きていると分かったのか。人間界ではとっくにセリーヌは生贄として命を落としていると思われているはずではなかったのか。

クラウドは、自分を見ようともしないセリーヌに焦《じ》れたのか、椅子に座る彼女の側《そば》にしゃがみ込むと必死に言い募る。

「信じてほしい。俺は君を……セリーヌを愛しているんだ」

信じられない言葉が飛び出してきて、さすがにクラウドに視線を向ける。セリーヌは思わず眉をひそめた。馬鹿にしているのだろうか。

「そんな慰め、私には不要です」

「セリーヌ……！」

「あなたにはエリザ様がいるではありませんか」

「だから、誤解なんだ。エリザのことはそうじゃなくて──」

「クラウド様、そろそろ会議のお時間です」

信用ならないクラウドの言葉は、神官からの呼び出しに遮られた。

「……ああ、すぐに行く。……セリーヌ、またゆっくりと時間を作って説明するよ」

そう言ってやっとクラウドは去っていった。

詰めていた息を吐いたセリーヌは、ソファへ移動して力なく体を沈める。一体なんだというのか。謎に閉じ込められ、謎に機嫌を取ろうとされている。今の状況にも、あんな安っぽい嘘《うそ》で機嫌を取れると思われていることにも不快感を覚えていた。

しかし、イライラしても仕方ない。冷静にならなければ、混乱した思考を整理することもままならない。セリーヌは意識して深く呼吸を繰り返し、なんとか気持ちを落ち着けようとした。

(それにしても、神殿でなんの会議をしているのかしら?)

クラウドは次期侯爵であり騎士をしているが、神殿に関係などないはずだった。

セリーヌの知らない何かが動いている。そのことがモヤモヤと胸騒ぎになって襲ってくる。

(クラウド様から話を聞くのはもう少し後になりそうだし、ここのメイドたちはどうも私と必要以上に話をしないように言い含められているみたいだし……もっと情報が欲しいのに)

この部屋に来るメイドは三人ほどで、彼女たちは皆無表情で最低限の挨拶くらいしかしない。セリーヌが話しかけても曖昧にかわされるばかりなのだ。

そして、セリーヌは人間界に戻ってきてからまだメイドとクラウド以外は誰とも会っていない。

しかしその日の夕方、新しい来訪者があった。

「セリーヌ……！　本当に、戻ってきていたんだね」

「……マイロ兄さん」

叔父家族の長男、従兄《いとこ》のマイロだ。

叔父家族はセリーヌがいなくなって喜んだはずだ。優しいマイロだけは違うかもしれないけれど、自分がいなくなって一番恩恵を受けるのは実はマイロである。

(内心はどう思っているか分からないわよね……)

クラウドの裏切りはセリーヌを疑心暗鬼にさせるには十分だった。

再会に複雑な気持ちを抱きながらも、メイドに通されたマイロを追い出すこともできず、仕方なくソファに向かい合って座り、用意されたお茶を飲む。

「クラウドの行動を調べてよかった。まさかセリーヌを連れ戻すことに成功しているなんて……」

「え？　マイロ兄さんは私が戻ったことを知らなかったの？」

聞き捨てならない話に思わず反応する。

ここへ通されてすぐ、アレスター伯爵家には自分から知らせるから気にするな、とクラウドは言っていなかっただろうか？

「あいつは隠しておきたかったんだろう。神殿の数人以外、恐らく誰も知らない。だからセリーヌもここに閉じ込められているんだろう？」

「閉じ込められている……？」

まさか。自分は今、軟禁されているのだろうか。考えることも多く他に行き場もなくて、無理に部屋を出ようとはしなかったため気づかなかった。

思いもしなかった事実にゾッとしてしまう。

「今日もクラウドが騎士団の方で作戦会議をしているのを聞いて、なんとかセリーヌに会いに来たんだ。……多分、俺が来たこともすぐにバレるだろうけどな」

はあ、とため息をついたマイロは、がしがしと頭をかく。

「クラウドは……おかしくなっている」

「どういうこと？」

「よほどお前が生贄になったことがこたえたんだろう」

……クラウドは、エリザと結ばれるためにセリーヌを生贄にしようとしたのではなかったのか。

けれど、それを聞く前にもっと衝撃的な話がマイロから飛び出してきた。

「正気じゃない。セリーヌが無事なのは嬉《うれ》しいが、生贄を奪還した上に魔界へ兵を差し向けようだなんて……」

「兵を⁉　ちょっと待って、どういうこと……？」

なんのために毎年貢ぎ物を送り続け、セリーヌを生贄として魔界に送ったのか。

真実は勝手に人間が怯《おび》えていただけで魔族が望んだことではないとはいえ、人間が魔族に敵《かな》わないことだけは変えようのない事実なのに。

「今日の作戦会議もその一環だ。クラウドと騎士団は本気だよ。神殿もその気になっている」

「そんなまさか……」

セリーヌに言わせればあまりにもありえないことだが、クラウド一人が先走っているわけじゃないということか。

「あまりにクラウドの動きがおかしいから、俺も色々調べたんだ。その結果セリーヌを取り戻そうとしていることも知ったわけだけど……そうだ、本当にセリーヌにもすまないことをした。まさか、俺の家族があそこまで腐っているとは……」

セリーヌは思わず瞬《まばた》いた。

マイロがまさか謝るとは思っていなかったのだ。もっというなら、こうして会いに来たことすら意外に思っている。

しかし今はそれどころではない。もっと情報が欲しい。

「それはいいの、それより、他に何を調べたの？」

マイロは前のめりになり、顔をできるだけセリーヌの方へ近づけてこっそりと言った。

「魔族には人間程度の魔法は効かない。魔族の魔法が強すぎて剣や他の武器も通用しない。だけど、魔族に対抗できる武器を神殿が手に入れたんだ」

「えっ⁉」

そんなものがどうやって手に入るというのか。

驚きに言葉に詰まっている間に、マイロは続けた。

「それからもう一つ。……セリーヌが魔界に送られた後、ついに聖女が現れた」

「そんな……まさか」

一瞬自分が聖女であるとバレたのかと思ったが、聖女はセリーヌが魔界に送られた後に現れたのだとマイロは教えてくれた。

ありえない。だって聖女はここにいる。

「初めは誰も信じなかった。だけど、神殿で証明したんだ。魔物にその血を飲ませて、見事絶命させてみせた」

「嘘……ま、待って。その聖女って誰なの？」

セリーヌが聞くと、マイロは心底嫌そうに顔を歪《ゆが》めて吐き捨てた。

「女神は自分の愛《いと》し子に、魂や精神の美しさは求めないらしい。――聖女は、エリザだ」

セリーヌは今度こそ言葉を失った。


マイロがいなくなった後も、セリーヌは考えていた。

本当にエリザが聖女なのだろうか？　いや、そんなことはありえない。

そう思うも、エリザはその力を証明してみせたのだという。

聖女はいつも一人、女神は一途《いちず》で、二人以上を愛し子にすることはないと伝えられている。同時に二人の聖女が存在した話など聞いたこともない。

（本当は私ではなくて、エリザが聖女だったとでもいうの？　……ううん、そんなはずない。私は確かに女神様の声を聞いたもの――）

それに、もしもセリーヌが聖女ではないのだとしたら……きっとセリーヌは今頃なんの憂いもなく魔王ルシアンの側にいたはずだ。

（一体、何が起きているというの？）

考え込むセリーヌの思考を遮ったのは、今まさに思い浮かべていた人の声だった。

「ちょっと！　セリーヌ！　どうしてあんたがこんなところにいるのよっ！」

激しく音を立ててドアを開け放ち、ものすごい勢いで部屋に突入してきたのはエリザだった。

いつも食事を持ってきてくれるクールで冷静なメイドがその後ろで顔を真っ青にして慌てふためいている。

（彼女、あんな表情もするんだ……）

そんな場違いなことを考えていると、エリザがヒステリックな声を上げながらセリーヌに詰め寄ってきた。

「ねえ、どうして？　どうしてここにいるの？　生贄になったんでしょう？」

「えっ、あの……」

どうしよう、明らかに目がやばい。普通じゃない。

「どうして戻ってきたのよ？　どうしてクラウドが出入りする場所にあんたがいるの？　どうしてっ？　どうして……私とクラウドはまだ婚約できてないのよっ！」

（……婚約、できてないの？　なんで？）

セリーヌが戸惑うのも当然だった。

だってクラウドはエリザと婚約するためにセリーヌを生贄にしようとしたはずだ。生贄として魔界に送られる前にせめてさっさと婚約できるようにしてあげようと、自分で自分の傷口に塩を塗り込むようにして、二人の婚約書類まで準備したのに。

はたと気づく。ひょっとしてセリーヌとの婚約破棄書に不備があったのだろうか。

（まさか、だから私を魔界から連れ戻したの……？）

もしもそうだとしたら。今エリザがこれほど怒りをあらわにしているのも分かる。

セリーヌが死んでいれば、書類に不備があったとしても関係ない。けれど、生きている限りそうはいかない。

どうやったのかは分からないけれど、セリーヌが生きていることがクラウドや神殿の知るところになり、書類の不備が問題視された可能性はある。というか、そうとしか考えられないような気がする。

とはいえ。

(もし本当にそうなら、さすがに呆《あき》れるわ……)

セリーヌが生贄になったことは神殿が把握しているのだから、きちんと相応の手続きをすればたとえセリーヌが用意した書類に不備があっても婚約破棄はできるはずなのだ。ただ、手続きに時間と手間がかかってしまうだけで。

つまり、この予想がもしも正しいとしたら、そんな短い時間も待てないほど、早くエリザと婚約したかったということに他ならない。

書類の不備で婚約の手続きが本来の想定よりも大変になってしまったとして、確かにそれはセリーヌのせいかもしれない。親切のつもりで余計なことをしてしまったことになるから。しかし、そもそもはクラウドの不誠実と裏切りが招いた事態なのだから、それくらい我慢して飲み込んでくれてもいいではないかと思ってしまう。

おまけに、クラウドだってセリーヌを魔界から連れ戻すということが、国を、世界を危険に晒《さら》すことだと認識しているはずなのに。自らが一刻も早く愛する人と結ばれるためなら、婚約者だった哀れな女を騙《だま》すことだけでなく、他の誰もが危険に晒されても構わないのだろうか。

「ちょっと、聞いてるのっ⁉　あんたが生きてるせいでっ。あんたが、あんたがさっさと死んでいればっ！」

「きゃっ……！」

エリザは完全に興奮状態で、ついにセリーヌに掴《つか》みかかってきた。

（嘘でしょ？　真偽はどうあれ、仮にも聖女を名乗っている人がこんな暴力を……情けない！）

髪の毛を掴まれ、強く揺さぶられる。何がなんだか分からないでいるうちに、視界の端にキラリと光る銀色が見えた。

（まさか、刃物⁉）

焦りが湧き上がるものの、体が振り回されて避けるどころじゃない。

反射的にぎゅっと目を瞑《つぶ》った瞬間、急に解放された。

「何をしてるんだ！」

「あっ……」

恐る恐る目を開けて見ると、エリザは手を取られ呆然《ぼうぜん》としていた。そして、クラウドが彼女を押さえつけている。

「エリザ、なぜここに君が？　というより、セリーヌに向けて刃物を取り出すなどあり得ない！こっちへ来い！」

「あ、ああっ、クラウド、ちがうの！　ちがうの……」

エリザが引きずられるようにして部屋から連れ出された後、いつもの無表情に戻ったメイドがセリーヌの手当てをしてくれた。

引っ張り回された髪だけじゃなく、いつの間にか擦り傷や痣《あざ》ができていた。

本当に恐ろしかった。突然ふるわれた暴力に、今更震えがくる。

「セリーヌ様、もう大丈夫です。今日はどうか全て忘れて、ゆっくりお休みください」

メイドはそう言ってセリーヌを労《いたわ》ってくれたが、そんなに簡単に忘れられるわけがない。髪の毛を強く掴まれたせいで頭皮もひりひりと痛んでいる。

何もかもうまくいかない。愛する人の側にはいられず、元婚約者にはいいように扱われて、その恋人にはこんな風に痛めつけられて。

(私が何をしたって言うの？　私はただ、穏やかに、平凡に暮らせたらそれでいいのに……)

それに、クラウドが兵を率いて魔界に攻め込もうとしている話も気になる。

心がざわつくことばかりで落ち着かない。

(まずは、クラウド様にどういうことなのか、何を考えているのかを聞いて……婚約解消の手続きに不備があったのならさっさと修正して、早く解放されたい)

その後は、できることなら魔界に戻ってどこか田舎の片隅ででもひっそり暮らしたい。

魔界に戻ることが叶わなかったとしても、どこか遠くに逃げてしまいたい。それこそ貴族とは無縁の小さな村でもいい。修道院でもいい。聖女であるセリーヌの祈りはきっと誰に知られることはなくとも、女神様には喜ばれるだろう。そういえば、エリザが聖女であるという話も気になっていたのだった。

いや、もうそんなことはどうでもいい。辛いことは全て忘れて、女神様に奉仕して生きるのだ。

（大丈夫、きっと魔王様のこともいつか忘れられる……）

胸を焦がす想《おも》いも、切なさもなくなって穏やかに暮らす自分を想像する。それはなかなか平和な毎日に思える。

そうして平穏な日々を想像しているのに、心の奥底が泣き叫んで張り裂けそうに痛むのには、気がつかないふりをした。

◆◇◆◇

エリザは苛立《いらだ》っていた。

「どうしてこうなるのよっ⁉」

セリーヌのいる部屋から引きずるようにして追い出された後、クラウドはエリザには目もくれずに去っていってしまった。エリザの言い訳をまともに聞かないどころか、責めることさえしなかった。

まるでエリザになど微塵《みじん》も興味がないかのように。

クラウドはセリーヌの婚約者だった。けれど、それよりもっと以前から彼はエリザの大切な幼馴染《おさななじみ》であり、お互いが特別な存在なのだ。

エリザはずっと、クラウドのことが好きだった。

小さな頃から母親に連れられてクラウドの屋敷に遊びに行っては側にくっついて回った。

輝く金髪、エメラルドのような瞳。幼い頃からまるで王子様のようなクラウド。

何を血迷ったのかセリーヌなんかと婚約した時にはあまりの衝撃に倒れるかと思った。

それでも婚約の裏にどうやら金銭的援助があったらしいと聞きつけて、援助を盾に婚約を迫られたのだと察し、そんな汚い真似《まね》をしたセリーヌに嫌悪感を抱いた。その時からずっと、いつか愛するクラウドを解放してあげたいと思っていた。

セリーヌの両親が亡くなり、あとは本人がいなくなればいいだけだと、あの女の従姉妹《いとこ》であるジャネットをそそのかして、毒を盛らせたりしたこともある。

自分の婚約者が冴《さ》えないからと、セリーヌに嫉妬するだけでは飽き足らず、あろうことかエリザの
クラウドに媚《こび》を売っていた目障りなジャネット。そんな身のほど知らずにも役目を与えてやろうと考えたのだ。

（ジャネットは馬鹿だから、ちょっとお腹《なか》を壊して辱める薬よ、って言ったら簡単にいうことを聞いたのよね）

でも、なぜかセリーヌは死ななかった。それどころか体調を崩した様子もなく、けろりとしている。

薬の本当の効果も知らないのに怖気《おじけ》づいたのかと苛立ったが、その後ジャネットに会った際「もっとまともに効果の出る薬を寄こしてよ！」と彼女の方も苛立っていたので、確かに渡した薬は盛ったのだろう。エリザが偽物の毒薬を掴まされたのかもしれない。文句を言いたかったが、それで自分が毒薬を入手して誰かに盛ったということをバラされてしまってはたまらないので、泣き寝入りするし

かなかった。

それならセリーヌを襲わせようと低俗な男を雇ってけしかけてもみたが、失敗に終わった。むきになって色々な方法で排除しようとしたのに、なぜかことごとくうまくいかない。

エリザは本当にセリーヌが目障りでたまらなかった。

そんな時に、魔王が生贄に若い女を求めたのだ。

これを好機と思ったのはエリザだけではなかった。なんと、ついにクラウドも自分の心に正直になって、エリザと結ばれるためにセリーヌが生贄になるように手配してくれたのだ。

待ち望んだ展開。夢のようだった。

……しかし、セリーヌがいなくなってからクラウドがおかしい。

やっと愛するもの同士で結ばれるはずだったのに、なぜか婚約もできない。

（元婚約者が生贄になって、さすがにすぐに次の婚約っていうのは外聞が悪いってこと？）

周囲の目を気にするクラウドの気持ちも分からなくはないが、それでもエリザは待てない。セリーヌのせいでここまで何年も待たされたのだ。

だから、聖女だと神殿に申し出た。なんとか力の証明もしてみせた。

そうすれば魔王に怯える空気が高まっている今、エリザとの婚約は誰からも推奨されるものになるはずだと考えたのだ。外聞が悪いどころか、エリザを婚約者とすること自体が名誉なことで、羨望を向けられるものになる。

それなのに――。

クラウドはどんどんおかしくなっていく。最近ではエリザの目を見てもくれない。

やっと排除したはずのセリーヌまで人間界に戻ってきている。

(あの女、本当に殺してやりたい！　このままじゃ私が幸せになれないじゃない！)

エリザはやっと立ち上がると、通りがかりの神官に声をかけた。

「ねえ、私にも例の神器をちょうだいよ」

「ええっ？　でも、聖女であるエリザ様はいざという時のために、危ない戦闘には参加されないとお聞きしましたが……」

「考え直したの。やっぱり聖女である私が魔王を倒すべきだと思って。ほら、それが私の使命でしょう？」

怪訝《けげん》な顔をしていた神官も、そう言われれば否とは言えない。

(待ってなさいよ、セリーヌ。私が魔王を殺して完璧な聖女になって、絶対クラウド様を手に入れてみせる。そして邪魔なあんたのことも殺してやる……！)

何かしらの罪を被《かぶ》せて公開処刑させるのもいいかもしれない。エリザが言えばきっと誰もが賛成するに違いない。

だって、エリザは聖女なのだから！

◆◇◆◇

嵐のようなエリザ突撃からしばらくして、彼女を部屋から連れ出したクラウドが、一人でセリーヌの元へ戻ってきた。

「本当にすまない。ここに君がいることはバレないように厳重に隠していたはずなのに……まさか見つかるとは。昼にはマイロが来たようだし、本当にうまくいかない」

「…………」

項垂《うなだ》れるクラウドにセリーヌは何も言えない。

マイロはクラウドの目を盗んでこっそり来たと言っていたが、当たり前のように全てが筒抜けになっているようだ。恐らくメイドが全て報告しているのだろう。

セリーヌはどうやら本当に軟禁されているらしい。

「マイロに何を言われた？　何かおかしなことを吹き込まれたんじゃないか？」

「……魔界に向けて兵をあげるつもりだというのは本当ですか？」

ここしかないと思って聞くと、クラウドは驚きもせずに微笑んだ。

「心配してくれているの？　大丈夫だよ、セリーヌ。絶対に君の元へ戻ってくるし、また君を魔界に送るなど誰にもさせないから」

そうじゃない！　そういうことを言いたいんじゃない！　思わず苛立つが、なんとか平静を保つ。

もっと情報を得なければいけない。

「そうではなくて、なぜ急に兵を？」

「魔族に対抗できる武器が手に入ったんだ。今までのように、卑劣な魔族にただ怯えて生贄を差し出すなんてことはしなくていい」

クラウドはセリーヌの手を握り、蕩《とろ》けるような笑顔を向けてくる。

そのことに……ゾッとした。

「……武器はどうやって手に入れたんですか？」

「天につかわされたのさ」

恍惚《こうこつ》の表情を浮かべ、要領を得ない話を繰り返すクラウド。

話をまとめると、ある時突然魔族にも対抗できるような強く特別な魔力を帯びたたくさんの武器が神殿に現れたらしい。それらはきっと天から女神が与えてくださった神器なのだと、クラウドはそう言っているのだ。エリザという聖女が現れたタイミングだったこともあり、神殿もそのように考えているらしい。

女神様が魔族を滅するために神器を与えた？

セリーヌの中で女神様への信仰が揺らいでいきそうな話である。

「誰かがそう思わせようと神殿に持ち込んだのではないのですか？　人間がその武器を手に魔界に攻め込むようにしむけるための、他国の罠《わな》である可能性は？」

「誰にも気がつかれずに持ち込めるような量ではなかったんだよ。もし罠だとして、魔界ではなく、その敵国に攻め込んでも楽に滅ぼすことができるような武器の数々だ。他国の仕業とするなら、そんな回りくどいことをするよりもその武器を使って直接この国に攻め入るだろうね」

それほどの武器が天からつかわされたというのか。

「それに神殿が総力をあげてその武器を調べ上げたんだ。その全てに聖なる力に近いモノが宿っているらしい。悪しきものに対してとてつもない威力を発揮するようだよ。そして聖なるものを傷つけることはないだろうと。まさに女神様がくださった武器。規格外だ。これで力の差が歴然な俺たち人間でも魔族を簡単に打ち滅ぼすことができる」

クラウドがこれほど自信を持ち、おまけに神殿も王族もそれに賛同している。本当に勝算があるのかもしれない。

今の説明が本当ならば。それは、魔界が、魔族の皆が危ないということ。

（魔王様や皆の身に危険があるとしたら……私はなんのために身を引いたのよ）

万が一にでも、魔界を危険に晒したくなんてない。どうにか考え直させなければいけない。セリーヌは意を決して進言する。

「魔界に兵を差し向けること、私は反対です」

「……なに？」

セリーヌ一人の反対がどれほど聞き入れてもらえるかはわからない。けれど声を上げなければ始まらない。事実、魔界のことを少しでも知っているのは生贄としてそこで暮らし、こうして戻ってきたセリーヌだけなのだから。

「クラウド様。神官様とお話しさせてください。私が知った魔界や魔族についてお伝えしたいと思います」

真っ直《す》ぐに目を見てそう言うと、クラウドの瞳から光が消えた。

「神官？　セリーヌ、神官と話したいの？」

「……神官様と私が話すのに不都合があるなら、騎士様でも、王族……いいえ、文官の方でも構いません」

「セリーヌはそんなに他の男と話がしたいの？」

他の男？

「いえ、別に女性の方でもいいんですけど……」

神官様にしろ騎士様にしろ文官様にしろ、女性はいる。男性の方が圧倒的に多くはあるけれど。

「そうして私以外の男へあてた手紙でも託すのかな？　マイロが私の目を盗んで君に会っただけでも耐えがたいのに……」

クラウドは妄想に取り憑《つ》かれているのだろうか？

このままでは話が進まない。

「いえ、それではクラウド様が私の話を聞いて、神殿や王家にお伝えくださいますか？」

できれば明らかに様子のおかしいクラウドではなく、冷静な第三者に直接話したかったけれど仕方ない。

「何かな？　なんでも言って」

「魔界に攻め入るのはやめてください」

「だから、心配はいらないと――」

「違います、そうではなくて、攻め入る必要がないのです」

「それはどういうこと？」

「クラウド様、よく聞いてください。人間は誤解しています。魔界は、魔族は……魔王陛下は、人間を害する気などありません。彼らは悪しき存在などではないんです。とても優しくて、温かい人たちばかりです」

人間よりもよほど、という言葉はさすがに飲み込んだ。

嫌悪を顔に出されるかと思ったけれど、クラウドの顔色も表情も全く変わらない。

じっと黙っているクラウド。セリーヌの言葉を思案してくれているのだろうか？ 思ったよりも冷静なのかもしれない。

これならじっくり話して、理解してもらうことができるかもしれない。

しかしクラウドは立ち上がり、慎重に人を呼んだ。

そしてセリーヌは部屋を移動させられて――さっきの部屋よりさらに神殿内部の、地下深く、暗く、固い檻《おり》のような扉に閉ざされた場所に、閉じ込められてしまったのだった。


部屋に押し込まれ振り向くと、重い音を立てる扉の内側に、重なるように鉄格子がはめられていた。二重扉だ。一見普通の部屋に見えるけれど、ここは清潔なだけの牢獄《ろうごく》だ。

その造りを理解して驚く。

「クラウド様っ⁉」

扉は開けられて、鉄格子だけが閉められている状態でその向こうに立つクラウド。

彼は悲しそうな顔でセリーヌを見つめていた。

「可哀想に、セリーヌ……魔族に洗脳されているんだね」

「違います！」

「生贄にとして食べられてしまうはずだった君が無事で、嬉しいけれど不思議だったんだ。……やっと謎が解けたよ。つまり君の美しさに魅了された魔族が、洗脳という卑劣な方法で君をわがものとしようとしたんだね」

慌てて鉄格子に縋《すが》り、クラウドに近づく。

セリーヌの否定が聞こえていないのか、それとも聞く気はないのか。クラウドはゆらゆらと首を左右に振るとため息をついた。

「俺がもっと、早く君を迎えに行くことができていれば……」

「だから違うんです！」

「大丈夫、君は何も悪くない。きっと俺がその洗脳を解いて君を解放してあげるよ。今は怖いと思うけど……俺を信じて。と、言っても洗脳状態の君には届かないよね…………」

クラウドは切なそうな表情を浮かべ、心からそう言っているようだった。

◆◇◆◇

クラウドは神殿内に与えられた自室に戻ると、壁にもたれるようにしてずるずると崩れ落ちた。胸が苦しくて、思わず頭をくしゃりとかきむしる。

（セリーヌがおかしくなってしまった。全てはうまくやれなかった俺のせいだ……）

その心は自責の念で溢《あふ》れそうになっていた。

セリーヌはおかしくなった。クラウドは本気でそう思っていた。

まともな状態であれば、魔族を庇《かば》うような言葉を繰り返すわけがないのだから。

すぐに命を奪われなかったのは不幸中の幸いといえるが、やはり生贄として捧《ささ》げられたことはセリーヌの心に大きな傷を作ったのだろう。その繊細で弱った心につけ込むように卑劣な洗脳を受けたのだとクラウドは考えていた。

だからこそセリーヌは今、あれほど愛し、心のよりどころであるはずのクラウドを信じることができずにいる。エリザのことで確かに誤解はあるとはいえ、セリーヌが正常な精神状態ならば何よりも目の前にいるクラウドを信じ、誤解を解くための話を真摯に聞いてくれるはずだ。

それなのに――。

（いや、元を辿《たど》れば俺が失敗してしまったからだ……悔やんでも悔やみきれない）

魔族からこちらの心情を煽《あお》るかのような手紙が送りつけられてきた時は強い怒りを抑えるのが大変だった。だが、クラウドをはじめあれを読んだ神官や王族たちは皆『セリーヌはひょっとして生きているかもしれない』と思い始めた。

そして、そのタイミングでエリザが聖女であることが分かり、次いで天から神器が授けられた。運命だと思った。女神がセリーヌを取り戻せと言っている。

だからクラウドはすぐに王族に魔界に攻め入ること、それに伴いセリーヌの奪還を行うことを提案したのだ。

思いのほかすぐに魔界に攻め入るためにクラウドが軍を指揮する許可が下りた後、クラウドは第一王子と大臣の会話を偶然聞いてしまった。

「殿下、クラウド・バレンス侯爵令息の提案を受け入れて本当に良かったのですか⁉　聖女が現れ神器が授けられた今、魔族を討つことができる可能性が高いのは分かりますが、もしもうまくいかなかった場合に国が、最悪は人間界が危険に晒されるのでは……」

「だから指揮権を要望通り彼に渡したのではないか。もしもの場合はすぐに切り捨てる。これまで貢ぎ物を捧げるだけで人間界に手を出さずにいてくれたのだ。王族は関与していないとしてあの者を差し出せば魔族の怒りも収まるだろう。万が一成功して魔族を討つことができれば、我が国の今以上の繁栄は約束される。これは好機だ」

その会話を聞くまでもなく、クラウドは自分が捨て駒と考えられていることに気づいていた。しかしむしろ好都合だった。

無事にセリーヌを助け出すことができれば、彼女はきっと自身を助け出したクラウドのことを喜んで受け入れるに違いない。

もしも失敗したとして、セリーヌがいない人間界で幸せになどなれるわけがないのだから、王族たちの思惑通り全ての責任を負わされ、命を落とすことになっても構わないと思っていた。

通常のクラウドならば、これほど無謀なことを考えるなどありえなかっただろう。しかし、怒りや悲しみは時として大きな原動力になる。セリーヌを失ってしまった悲しみ、エリザに全ての幸福をぶち壊しにされてしまった怒り、そのどちらの激情もがクラウドを突き動かしていた。

そして、クラウドは何よりも望んだ通り、セリーヌをこの手で取り戻すことができた。あとは魔族が再びクラウドの愛する人を奪いに来ることがないように、魔界に攻め入り、魔族を討つのみ。

「そうだ、一刻も早く魔族を討ち、セリーヌを洗脳から解き放ってやらないと。彼女はきっと心の奥底で泣いているはずだ」

何より、こちらには聖女であるエリザがいる。エリザは神器が授けられるまで自らが聖女であることを明かさなかった。そのことからも自分自身の身を犠牲にするつもりは毛頭ないことが分かるが、いざという時には無理やりにでも彼女の身を魔王に差し向け、その血肉をもって魔王を殺してもらうつもりだった。

エリザに拒否はさせない。どんなに嫌だと泣き喚《わめ》こうとも。

それこそが聖女の使命なのだから。

◆◇◆◇

「どうしよう……どうすれば分かってもらえるの……」

一人になって、どれほど時間が経《た》っただろうか。クラウドが出て行ってからは誰もこの部屋には来ていない。不安からか呼吸が少し浅くなっていることに気づいて深呼吸しながら、セリーヌは焦っていた。

クラウドと全く話が通じない。

本気でセリーヌが洗脳されていると思っているのだろうか？　それともセリーヌの話を受け入れたくなくて、そういうことにしようとしているのか。

クラウドこそ何を考えているか分からない。それこそ魔族が悪であると洗脳されているかのようだ。

いや……けれど、セリーヌたち人間はこれまでずっと魔族は悪だと教えられてきた。

それこそ聖女の伝説でさえ、その聖なる存在が滅するのは相手として明確に魔族があげられているくらいなのだ。

実際に聖なる力と魔族が持つ特別な魔力は反発し合い、セリーヌの存在が魔王を害そうとした。

セリーヌは実際に彼らの優しさに救われたから、そしてその在り方を見てきたからこそ魔族の実態を知っているけれど、これまでの価値観を覆すにはセリーヌ一人の言葉だけでは弱いのは当然のことではある。クラウドの様子がおかしいことは差し引いても、セリーヌが洗脳されていると思われるのも仕方ないのかもしれない。

（――ひょっとして、女神様もそう思っている？　魔族は悪しき存在だと？）

そうではないと分かってもらえたら、魔王様や魔族の皆を害する聖女の力も、変えてもらえるのでは――？

小さなひらめきはクラウドの言葉にかき消される。

「兵の準備が整いそうなんだ。君を迎えに行くのに力を使って寝込んでいた神官たちもあと少しで完全回復だ。そうしたらゲートを開かせて、すぐにでも魔界に向かい、君に恐ろしい洗脳を施した悪しき魔族を討ち取ってくるよ」

「――っ！　待って!!」

セリーヌの静止など耳に入らないかのように、無情にも重い扉は目の前で閉ざされてしまった。

後に一人残され、呆然とする。

（クラウド様は、本気だわ。きっと魔界に、特別な武器を携えて攻め入る。もう始まる。止められない。私なんかじゃ、話も聞いてもらえない……）

これがエリザならば、クラウドも少しは耳を傾けてくれたのだろうか？　信じられなくとも、最後まで聞かずに切って捨てることはなかったかもしれない。たとえ洗脳だと思っていても。

セリーヌは無力だ。クラウドを止めることもできず、結局魔王や魔族のみんなを危険に晒す。

打ちひしがれて、赤い絨毯《じゅうたん》の敷かれた床にぺたんと座り込んだ。

クラウドはきっとセリーヌをここから出すことはないだろうし、マイロが会いに来たように誰かがここを嗅ぎつけることもないように対策するだろう。誰ともセリーヌを会わさないように。

（だって私がこうして健やかに生きていると知られたら、エリザとの婚約に影を落とすことになるもんね……）

こんなことなら人間界に戻ってくるんじゃなかった。

どちらにしろ危険に晒すことになるなら、あのまま残り、自ら魔族の人質になるくらいはできたかもしれないのに。

そうすれば少しは話を聞いてもらえるチャンスはあったかもしれないのに。

こんなことなら……こんなことなら、魔王様に本心を伝えればよかった。

一度でも、その名前を呼べばよかった。

こんなことなら………。

悲しいのか情けないのか不甲斐《ふがい》ないのか分からない。だけど胸が痛くて、セリーヌは涙が込み上げてくるのが止められない。

「――っ、魔王様……ルシアン、様………！」

その名前を口にするのと同時に、セリーヌの瞳から溢れた涙がぽとりと絨毯の上に落ちた。

すると涙の染みになったその部分が突然青く光り始める！

「えっ……!?　きゃあ！」

思わず顔を背け、逃げるように後ずさる。

(な、なに……!?)

眩しくて目が開けられない！

まるで、魔王城でクラウドが突然現れた時のような――。

光が少しずつ収まり、やっとほんの少しだけ目が開けられるようになると、その中心に人影があることが分かった。

思わず息をのむ。

「――セリーヌ」

そこには白銀の髪を揺らして、愛しい人が立っていた。

「やっと、名前を呼んでくれた」

魔王陛下、ルシアンは、そう言うと泣きそうな顔で微笑んで、セリーヌをそっと抱きしめた。

すっかり馴染《なじ》んでしまっていた懐かしい匂い。ずっと包まれていたくなるような穏やかな温《ぬく》もり。

痛いほどの強さで抱きしめられて、セリーヌの体から一気に力が抜ける。

「セリーヌ。セリーヌ！　会いたかった……！」

「ま、おうさま……」

どうしてここに？

ルシアンは少しだけ体を離すと、拗《す》ねたような表情でセリーヌの顔を覗《のぞ》き込んだ。

「もうルシアンとは呼んでくれないの？」

「ル、ルシ――」

言い直しかけて、セリーヌは口を噤《つぐ》んだ。

(違う、今はそれどころじゃない……！)

「どうして！　どうやってここに？」

「……君が魔界に来てすぐに行った儀式。あれは僕の魔力とセリーヌの魔力を繫《つな》げるものだ。だから僕はずっとセリーヌの存在をうっすら感じられていた。無事なのが分かっていたから機会をうかがっていた。さっきまでは、本当にうっすらで確実に君の居場所を把握できなかったし……」

ぎ、儀式……魔力を繋げるって、そういう効果もあるの……。セリーヌが初めて知る事実だ。

「儀式は途中で終わっていたから、繋がりが完全じゃなくて、すぐにセリーヌのところへは来られなかった。でも、ついに全部繋がった。……セリーヌのおかげだ」

「え？」

ルシアン様は嬉しそうに顔を綻ばせた。

「儀式に必要なのは大きくふたつ。口づけを交わすこと。そして……愛を持って、名前を呼ぶこと」

「あっ……！」

「セリーヌが僕を愛しく思う涙を流して名を呼んでくれたから、その涙を媒体にここにゲートが繋がった」

セリーヌの気持ちは全部バレているのだと知った。

「セリーヌ。君にどんなに拒絶されようと、僕は君を愛しているんだ。離すことなんてどうしてもできない。こうして君が……僕を想ってくれていることも分かっていて、どうして諦められるだろうか？　頼むから、戻ってきてくれ」

泣き出しそうな顔で懇願するルシアン。

セリーヌは胸が苦しくてたまらなかった。このまま全部忘れて飛び込んでしまいたい。会えて嬉しい。感激でもっと泣いてしまいそうなほど。

でも……セリーヌにはできない。

「セリーヌ。どうか君の本当の気持ちを聞かせてほしい」

「あ……わ、私は…………」

答える前にバタバタと騒がしい幾つもの足音が聞こえてきた。

バン！　と大きな音を立てて、扉と鉄格子がまとめて開いた。クラウドを筆頭に何人もの騎士様や神官様がなだれ込んでくる。

「お前たちは誰だ！　セリーヌから離れろ！」

クラウドが叫ぶ。

お前たち？　気がつくと、ルシアンだけでなく、クラウドたちとセリーヌたちの間に立ち塞がるようにメリムとシャルルも立っていた。

いつの間に来たのだろうか、全く気がつかなかった。

「そう言われて、離れるわけがないでしょう？」

メリムはいつもと全く違う、妖艶な見た目にぴったりな艶《あで》やかな喋《しゃべ》り方をした。

表情だって違う。オーラも違う。初めて見た時に感じた威圧的な雰囲気を纏った妖艶美女がそこにいた。

そんな彼女に魅せられて騎士も神官も数人が呆《ほう》けている。

これは……メリムの戦闘モードというところだろうか？

あっけにとられるセリーヌに気づくと、シャルルが後ろから囁《ささや》く。

「メリムはとても怒ると人格が変わるのです」

「そ、そうなの」

恐ろしいものを見たと言わんばかりに一度肩をふるりと震わせたシャルルは、すっと背筋を伸ばし、セリーヌを庇うようにメリムの隣に進み出る。

「私たちは魔王ルシアン陛下の最愛の女性を取り戻しに来たまで。誤解があるのならば一つずつきちんと話をしようとこうして参ったわけですが、まさかこんな場所に監禁しているなど……セリーヌ様を害そうとしているのはあなたたちの方では？」

シャルルが眉をひそめてそう吐き捨てる。

その言葉に反応して数人の騎士が騒《ざわ》めいた。

「監禁？　まさか」

「しかし、確かにこの部屋は罪を犯した貴族を収監する牢獄だ」

「おい、彼女は生贄になったセリーヌ・アレスター嬢なのか？」

「お前、知らなかったのか？　魔族に対抗する術《すべ》を見つけて生贄は救出されたんだ」

「しかし、救出したわりになぜこんな牢獄に……」

騎士や神官、何人もの人がいる中で、今この場にいる者の間だけでも情報が行き渡っていないらしい。

そもそも生贄として捧げられたはずのセリーヌがこうして戻っていることを知らない人、救出までは知っていてもこんな風に閉じ込められているとは思っていなかった人、色々な驚きがあちこちで湧き上がっているようだった。

その中で、クラウドはピクリと片眉を上げ、不快な表情を隠しもしない。

「最愛の女性、だと……？」

周りのざわめきが一瞬で消え、部屋の中が静まり返る。

「戯言《たわごと》を。生贄に俺の大事なセリーヌを捧げさせておいて、悍《おぞ》ましい魔族が愛などと宣《のたま》うのか？」

聞いたこともないほど、低く冷めきった声。本気の怒りを感じる。

「セリーヌは俺の最愛、唯一だ」

クラウドは堂々とそう続けた。

しかし、セリーヌに言わせれば、クラウドこそ自分に向けて愛など語らないでほしかった。

（私を裏切った人。この期に及んでその台詞《せりふ》、エリザに対しても裏切りだわ……！）

クラウドがどんなつもりかは分からないが、ただただ不快だ。けれど、セリーヌの憤りは長くは続かなかった。ギリッと引き絞るような殺気がその場に漂ったからだ。

それを発しているのはルシアンでもクラウドでもない。二人は怒りに塗《まみ》れてはいるけど、まだ理性を保っている。

この殺気のでどころは……。

神官たちの奥から、人が進み出てきて、騎士たちをかき分け前に躍り出る。

白く、煌《きら》びやかで神々しさすら感じさせる衣装を纏った、愛らしい顔立ちの人。セリーヌはどきりとした。

「エリザ……」

クラウドの斜め後ろで立ち止まったエリザは、憎々しげな視線を真っ直ぐにセリーヌに向けていた。

エリザがこの場にいることを知っていて、あんなことを言えたのか。クラウドはそんな余裕も失うほど焦っていただけだが、そんなことは分からないセリーヌの心はますます冷えていく。

初恋の僅かに残った甘やかな情すら消え失せていく。こんな人だとは思わなかった。最低のクズ野郎じゃないか。

暗い目をしたエリザはブツブツと小さな声で何かを言っている。

「魔王を殺せば、私が完璧な聖女。今までの聖女なんて比べ物にならないくらい、大事にされるべき人間になるの」

「聖女だと……？」

ぽつりと呟くルシアンの声が聞こえた。セリーヌを抱き込む腕の力が強まる。

その表情に浮かぶのは強い警戒心。セリーヌは思った。ああ、やっぱり聖女は自分たちにとって存在自体が毒だということを知っているんだ。

本当は目の前に立つエリザではなく、自分の腕の中でのうのうと守られているセリーヌこそがその猛毒だと知られたら……自分を慈しんでくれるこの人から、嫌悪を向けられるのだろうか。それはセリーヌが自分の心を偽ってでも逃れたかった事態だ。

(それでも、もう誤魔化せない。そもそも私が卑怯《ひきょう》にも自分の正体を隠したままで逃げ出したのが間違いだった。嫌われても、憎まれても……私はルシアン様と、魔族のみんなを守りたい)

そんな風に、強い気持ちで顔を上げる。

ブツブツと呟き続けるエリザは、ドレスに隠れて見えにくかったが、よく見るとその手に剣を握っていた。

見たこともない煌びやかな宝石がたくさん嵌《は》め込まれている剣だ。確かに不思議な力を感じる。あれはまさか魔石なのだろうか？　よく見ると他の騎士たちが持つ剣も、神官が持つ杖《つえ》もそれぞれ違う形でありながら、同じように宝石か魔石かで飾り立てられていた。

あれが、クラウドが言っていた特別な武器ということなのか。

「その武器は……！」

セリーヌの視線を辿って、武器に気がついたルシアンが驚いたように反応した。

「クラウド様は私のもの！　聖女たる私が魔王を殺す！」

騎士たちを差し置いて、エリザは叫びながら剣を振り上げ、走ってくる！

その目はしっかりルシアンを見ているはずなのに、焦点が合っていないように見える。昨日、セリーヌに襲いかかってきた時と同じで、どう見てもまともな状態ではない。

メリムもシャルルも、エリザの持つ武器に動揺しているのか？　一歩も動けず呆けている。

このままではルシアンが危ない！

セリーヌは無我夢中で、守るように抱きしめてくれているルシアンの腕を振りほどき、一瞬の隙をついて前に出た。

「セリーヌ！」

ルシアンとクラウドが同時にセリーヌの名前を呼んだ瞬間、エリザが剣を振り下ろす。

「うっ……！」

肩から胸の下にかけて刃《やいば》が掠《かす》める。プシュッと飛沫《しぶき》を上げた血が、僅かにエリザの顔をも汚す。

しかし、斬りつけられた傷はそんなに深くはない。エリザが騎士だったらもう死んでいるところだっただろう。酷《ひど》く痛むが、多分死にはしない。

それでも、令嬢であり荒事とは無縁に生きてきたセリーヌにとって、当然こんな風に傷つけられたのは初めてで……体が非常事態だと叫ぶように震え始めた。

一気に血が足元に向かって下がっていく感覚とともに力が抜けてしまう。

へたり込んだセリーヌにルシアンが駆け寄ってきて支えてくれる。側にメリムとシャルルが構える。

同じようにこっちに向かおうとしていたクラウドは近くの騎士に止められていた。

「もう、もう！　もう！　セリーヌ、また邪魔を……！　いいえ、ちがうわ。これはこれで間違っていない！　だってあんたも死ぬべきよね！　ははは――えっ？　ぎ、ぎゃあ!?」

セリーヌを殺意のこもった目で睨《にら》みつけながら笑っていたエリザは、なぜか突然悲鳴を上げて苦しみ始めた。

「エリザ……？」

「いやああぁ！　なにっ！　いた、痛い！　ううう っ」

訝《いぶか》しげなクラウドの声にも反応せず、もだえ苦しむエリザ。

(なに？　何が起きているの？)

エリザは叫びながら、手で顔を覆う。

「熱い！　痛い！　なによこれえ!?　ううっ、わた、わ、わたしはっ聖女よっ！　誰か助けなさいよ……助けて！」

あまりの光景に誰も動けない。

やっと我に返った一人の神官様が何とか近寄り回復魔法をかける。

これで落ち着くかと思われたが、エリザの苦しみは解消されるどころか増してしまうばかりのようだった。

「ぎゃああ！　なに！　あんたっ、なにをしたのよお！」

「ひっ！　えぇっ!?　わ、私は回復魔法を……！」

「あんた偽物の神官なんじゃないのっ!?　ううっ、痛い……クラウド様ぁ……！」

クラウドは自分に伸ばされた手を見て思わず後ずさりした。

あらわになったエリザの顔はまるで焼けただれたように赤く皮膚が溶け、腫れ上がっている。

騎士たちや神官たちから「ひっ」と息をのむような悲鳴が上がった。

「どうなっているの……？」

思わず呟くと、ルシアンがセリーヌを強く抱き寄せた。

「あんな女より、セリーヌ！　君の傷は……！」

そういえば痛みをあまり感じない。

傷は浅かったし、痛みは驚きで麻痺《まひ》してしまったのかと思ったが。

恐る恐る血に濡《ぬ》れたセリーヌの肩に触れたルシアンが訝しむように眉を寄せた。

「ちょっと待て、セリーヌ、傷が……!?」

「え？」

自分の体を見下ろす。傷が……ぼうっと青白く淡い光を放っていた。

（なにこれ⁉）

驚いたのも束《つか》の間、光は徐々に落ち着き、すぐに消えた。

慌てて自分でペタペタと体を触って確かめてみる。

服は刃の動きに沿って切られ、まだ乾かない血で冷たく濡れているものの、どこにも傷がない。

これは、まさか。

「回復した……？　今の神秘的な光、まさか、セリーヌ様が、聖女様なのでは………」

神官の誰かが発した言葉にセリーヌの頭は真っ白になった。

咄嗟《とっさ》に顔を上げ、セリーヌを包み込むその人を見上げると、ルシアンは驚きに目を見開き唖然《あぜん》としていた。

「セリーヌが、聖女……？」

（そんな！　こんな、こんな形でバレるなんて……！）

一気に絶望が押し寄せる。もちろんセリーヌは、今更その事実を隠し通せるなどと思っていたわけではない。

ルシアンが迎えに来てくれて嬉しかった。しかしその手を取れると思っていたわけでもない。

それでも、こんな形で知られるなんて最悪だ。せめて、自分の口から伝えるべきだった。

そして愛してしまったことを、セリーヌが愛することで苦しめてしまったことを、謝りたかったのに――。

「セリーヌ！」

セリーヌの気持ちを知ってか知らずか、ルシアンは彼女を強く抱きしめた。

ハッとする。セリーヌの服は血に濡れている。その血にもしもルシアンが触れてしまったら……！

いや、すでにさっき、ルシアンはセリーヌの傷つき血に濡れた肩に触れなかったか。一瞬で全身から血の気が引いていく。

だが、焦ったセリーヌが何かを言う前に、ルシアンが上ずった声を出した。

「セリーヌ、君は聖女だったのか！　すごい！　さすが僕のセリーヌだ！」

（………え？）

ルシアンは、喜んでいる？

まさかルシアンは、これがどういうことか分かっていないのだろうか？

「だめ！」

我に返り、思わずその胸を強く突き飛ばす。

腕の力が緩んだ瞬間にセリーヌは立ち上がり、もう一度ルシアンから距離をとった。

「セリーヌ？」

「ま、魔王様……私は、聖女です」

「？　ああ、本当にすごい――」

「違うんです！　私は聖女だから！　私といると、魔王様は死んでしまう……！　だから私はあなたとは一緒にいられないんです……！」

目を瞑り、やっとの思いで、絶叫するように告げた。

「セリーヌ、何を言っているんだ？」

「だって、魔王様にとって聖女は、私は……命を脅かす存在でしかない…………」

決死の思いで絞り出した言葉。だけど、ルシアンは不思議そうに首を傾《かし》げるばかりで。

「君は確かに聖女だろう。しかし、なぜ聖女であることが僕の命を脅かすことになるんだ？」

「え……？」

「どうしてそんな風に誤解したのかは分からないけど、そんな事実はないよ。現にセリーヌが魔界に来てくれて僕は毎日絶好調だし、魔界の皆もなんだかとても元気だ。君がいてくれて幸せすぎるから毎日が潤っているんだと思っていたけれど、今思えば聖女の力の影響もあったんだろうね。本当に素晴らしいよ！」

（私が魔界に行って、魔族の皆が絶好調……？）

セリーヌはまだ事態が理解できない。

「だって、魔王様は私のせいで――」

その時だ。

「――ふざけないでよ！　聖女は私よ！」

痛みに慣れたのか少し落ち着きを取り戻したエリザが、落としていた剣を取りもう一度セリーヌに向けて振り上げた。

しかし、エリザの振り上げた剣がそのまま振り下ろされることはなかった。

「セリーヌ様を助けに来たのが魔王様だけじゃないって忘れてないかしら？」

そう言ったメリムがその剣刃を素手で掴んで止めている。

(素手!?)

「エ、エリザ！　そのままそいつを斬れ！」

クラウドが叫ぶ。

(待って、メリム！)

セリーヌは心の中で絶叫するが、あまりのことに喉が声を発することはなかった。

あの剣は天からつかわされたものだと、魔族に対抗できる特別な武器だとクラウドは言っていた。

そんな剣をそのまま掴むメリムが無事でいられるわけがない……！

(シャルル！)

助けを求めてシャルルを見ると、彼は慌てることもなく、なぜか呆れた表情を浮かべていた。

「メリムを斬る？　人間が？　その剣で？　そんなことができるわけがないでしょう」

騎士たちが騒めく。エリザに続くべく武器を構えるが、攻撃するより前にシャルルが手を大きく横に払い、全ての武器を吹き飛ばしてしまった。あっけないほどに一瞬だった。

「そんな……この武器は天から、女神様からつかわされたもので……」

予想もしていなかった光景に、クラウドは顔を真っ青にして震えている。シャルルはそんな様子に肩を竦《すく》めた。

「これが？　なぜそんなことになったのか。あなた方が私たちに向けているこの剣や杖、全て魔王様より贈られた物ではないですか」

「ええっ⁉」

つい驚きの声を上げたのはセリーヌだった。

(魔王様がこんなにもたくさんの武器を人間界に贈った？　いつ？　なんで⁉　天からつかわされた神器だったんじゃ……)

ルシアンはセリーヌからついっと目を逸《そ》らす。

「……セリーヌを魔界に向かわせてくれた礼をしなければと……」

「まあ人間界で言うところの、いわば結納金のような物ですね」

うんうんと頷《うなず》きながら説明するシャルル。

(結納金って……)

全然理解が追いつかない。

「人間はなんだってそうやってなににつけても思い込みが激しいのかしら？」

戦闘モードのメリムが首を傾げる。

確かに、生贄のことだって人間が勝手な思い込みで贈り続けていた。この武器だって、勝手に天からつかわされた物だと思い込んだということ？

「そんな馬鹿な……」

人間側の戦意が明らかに削がれていくのが分かった。そもそもメリムたちはこちらから攻撃を仕掛けるどころか、その攻撃をいなすだけで応戦すらしていない。

そうだ。全ては思い込みだ。武器がどうとか以前に、魔族は人間を害する気なんてないのだから。

ただ怖がりな人間が勝手に怯えて、勝手に魔族を悪者にして、今回だって勝手に攻め入ろうとした。

「それじゃあ、私たちは、勝機もないのに兵をあげて無駄死にするだけ……」

騎士の一人が絶望感あらわに膝をつく。しかしそれも間違っている。

セリーヌがここで声を上げなければ、この思い込みはずっと続いていってしまう。

「聞いてください！　そもそも私たち人間が魔族と争う必要なんてないんです……！」

注目がセリーヌに集まる。

エリザが邪魔をするかと思われたが、彼女はメリムに止められたまま小さくうめき声を上げるばかりで動けずにいる。

「魔族の皆は人間を害する気なんて全くありません！　私が魔界で出会った人は皆心優しく温かい人たちばかりでした。魔族が恐ろしい存在で、邪悪なものだということ自体が間違いなんです！」

人間側に戸惑いの空気が流れる。信じ込んできた価値観を覆すのは難しい。すぐに信じることは簡単ではない。

しかし、実際に魔族は目の前で武器をかまえた人間に手も出さず、おまけに聖女であるセリーヌが声を上げているこの状況。

心が揺れているのは明らかだった。

「でも、それならば聖女の力はなんのために……」

ふと、急に思いついたことがあった。

「私は魔界に生贄として送られる前日に、女神様からの託宣を聞きました」

誰にも言っていなかったこと。神託は確かに下された。

――わたくしの愛しい子、あなたは正統なる聖女。邪を清め悪しきを滅してくれますか。

その場にいる者たちに聞かせるように神託で聞いた女神の言葉を告げると、もう一度セリーヌの全身が青白い光を放った。それはまるで女神様が、セリーヌの言葉が真実だと証明してくれているかのようで。

その神聖な光景に、神官たちは感嘆の声を上げて跪《ひざまず》いた。

『聖女は、その身を賭して悪を滅する』

聖女の血肉や体液は悪を浄化し、滅ぼすとされている。

渇いた吸血鬼に、か弱き乙女のふりをして血を吸わせることで。

人のふりをして紛れた悪魔に、愛を捧げる花嫁の顔をして口づけをすることで。

魔王様に、無抵抗な生贄として、その血肉を食べられることで。

そうして聖女は悪を滅する。

「人間界ではそう伝えられていました。だから私も……私の使命は生贄として食べられることで、魔王様を……殺すことなのだと思っていました」

ルシアンが息をのんだ。

「だけど違った。どう考えても魔王様も魔族の皆も滅するべき悪だとは思えないんです」

それに、ルシアンも否定した。聖女の力が魔王や魔族の命を脅かすことはないのだと。

……最近の、魔王様の体調がどんどん崩れていったのが、どういうことだったのかまだ分からない。

だからこそセリーヌも一度は否定したその可能性が真実だと思い込んでしまったという経緯もある。

けれどそうじゃないと気づいた今、やっと分かった。答えは今、まさに目の前にある。

「女神様から託宣を受けた聖女である私の血肉や体液が悪を浄化し滅ぼすのならば…………私の血を浴びて苦しんでいる、彼女の今の状態はどういうことなのでしょう」

誰もが言葉をなくし、俯《うつむ》き表情が見えないエリザの方を見た。

彼女は顔を覆い、もがき苦しんでいた。

覆う手に隠れていて見えないが、その顔は見るも無残な状態になっている。今もよく見ると体が小刻みに震え、掠れたような息をしている。

「まさか、エリザ様こそが聖女様に滅されるべき悪であると⁉」

「そんな、エリザ様は人間で……！　それに彼女こそが聖女だったのでは……」

「しかし見ただろう、聖女はどう考えてもセリーヌ嬢だ！」

「では、エリザ嬢が神殿で力を証明したという話は……」

「どういうことなんだ⁉」

ざわつき、誰もがエリザを怯えたような目で見た。

「違う、聖女は私よ……！　この痛みはきっと、そうよ、その魔族が私に何かしたんだわっ！」

周りの空気を感じ取ったエリザは必死に言い募るが、もう誰も彼女の言葉を本気にはしていない。

「それなら、私の血に触れることができるわよね？」

セリーヌが近づくと、エリザは顔を真っ青にして後ずさろうとした。けれど、メリムに手首を捕らえられて逃げられない。

「い、いやっ、いや！　くるな――――！」

エリザは叫ぶと、なんとそのまま失神してしまった。メリムが掴んでいたエリザの手首を引き、ゆっくりとその場に横たわらせる。

……セリーヌの血が飛んで触れた痛みが、それほどまでに耐えがたいものだったのかもしれない。

（伝説では、魔王様を殺すとまで言われたものだったわけだもんね……悪しきものにとっての、猛毒）

セリーヌがエリザから視線を外し顔を上げると、跪いていた神官たちから歓声が上がった。

「せ、聖女様！」

「聖女様、万歳！」

「エリザ嬢という悪しきを浄化し、滅してくださった！」

讃《たた》えてくれているところ、申し訳ないけれど。

「エリザが聖女の証明をしたという話が気になります」

エリザが聖女だという話は、最初から信じられていたわけではなく、神殿で彼女自身がその力を証明してみせたと聞いた。

セリーヌはその場を見ていない。しかし数人がその力を確認したからこそ、聖女として認められていたのではないだろうか。

しかしエリザがこの場でその力を使ってみせようとはしなかったところを見ても、聖女を偽ったのは勘違いでもなんでもなく故意だったように思う。

セリーヌの疑問には、いつの間にか近くにいたシャルルが答えてくれた。

「恐らく、黒魔法ではないでしょうか？」

「黒魔法？」

「ええ。なんでも願いが叶う禁忌の魔法とされています。使用するには代償と、……生贄が必要です」

まさかの生贄。やっぱり魔族よりも人間の方がよほど恐ろしいじゃないの……。

それに、もしそうならば――。

「エリザの単独犯と考えるには無理がありますよね……」

私の言葉は不思議なほどに部屋に響き渡った。

あちこちで数人が息をのむのが聞こえる。

（……エリザの関係者は何人かいるってことね）

呆然としたままだったクラウドを見る。セリーヌの視線に気づくと、彼は頭を左右に振ってなんとか自分を奮い立たせると立ち上がり、声を張り上げた。

「これからエリザに加担した『悪しきもの』を全て暴く。覚悟しろ！」

その姿はさっきまでとはまるで別人のようだった。

ショックが大きかったようだけれど、真実を知ったクラウドがなんとか立ち直れそうでよかった。

セリーヌを連れ戻したり軟禁したり監禁したり……再会してからのクラウドは随分様子がおかしかった。

しかし今はまるで目が覚めたように、セリーヌの知る以前の彼に戻ったように見える。

結局、エリザと同じようにセリーヌの血に触れることで苦しむ人が二人出た時点で、他の加担者は自分から名乗りを上げた。あまりの苦しみ具合に恐怖が募り、それならば普通に罰を受ける方がまだましに思えたらしい。

(なんだか、どっと疲れた……)

ほっと息をつくと、温かな腕に体が包み込まれる。

「魔王様……」

見上げると、なぜか不満顔で。

「もう名前では呼んでくれないの？」

「……ルシアン様」

「ふふ。セリーヌ。僕は君にも言いたいことがたくさんあるよ」

「うっ……」

気が抜けて忘れそうになったけれど、『人間は思い込みが激しい』に、セリーヌもまんまと当てはまっている。なんといっても結局最後までずっと、聖女たる自分の血が滅する悪を魔王のことだと思っていたわけだから。

この人が、どんなに愛情深く優しい人なのか知っているのに。

（でも、やっぱりいくら考えても魔王様の体調不良の理由が分からない。だって魔王様が言うには私の力は命を脅かすどころか絶好調にしていたわけでしょう……？）

けれど、それはまた後でゆっくり話せばいいかと思い直す。

自分を抱きしめてくれているルシアンの体温がとっても心地いいから。

それはどうやらルシアンも同じ気持ちのようで。

「とにかくまずは……無事でよかった、セリーヌ」

「……はい」

セリーヌの力はルシアンの命を奪わない。セリーヌがいくら愛しても、ルシアンを殺してしまうことはない。

改めて、その事実が心の奥底まで染みわたっていく。

——私は、この人を愛してもいいんだ。

込み上げる思いはするりと唇から零《こぼ》れ落ちた。

「ルシアン様、本当にごめんなさい。…………私は、あなたを愛しています」

「っセリーヌ……！　僕も、君を心から愛しているよ。もう君が嫌がっても離さない」

想いを零した唇は、もう待てないと言わんばかりのルシアンにすぐに塞がれた。

甘くて、深いキスで——。

「もう〜！　帰りますよ、セリーヌ様っ！　ビグも泣いて待ってるんですからねっ！」

「メリム、空気を読みなさい。あと人間たちの前で素を出すのもやめなさい」

「シャルたん！　だって～」

「だってではありません」

「むう。メリムも頑張ったのに～！」

「ふふ！　二人とも、ルシアン様と一緒に私を迎えに来てくれてありがとう」

お礼を言うと、メリムが「えへへ！」と抱きついてきた。シャルルは小言を続けようとしてやめて、

「仕方がないな」と言うようにこちらに目配せしている。

ルシアンは嬉しそうに微笑んで、セリーヌに向かって手を差し出した。

セリーヌは迷うことなくその手を取った。

「さあ、魔界に、僕たちの城に帰ろう、セリーヌ」

「はい！」

セリーヌの帰る場所は、とっくに愛するこの人がいる魔王城になっていたのだから。

◆◇◆◇

（――ああ、本当にセリーヌはもう俺のことを好きでもなんでもないのか）

クラウドはその現実を受け止め、静かに絶望していた。

目の前で、愛するセリーヌが魔王ルシアンの腕に抱かれ、心底幸せそうな笑みを浮かべている。

かつては自分にも同じような顔が向けられていたはずだった。

（いや、それは違うか。あの時とは比べ物にならないほど、今のセリーヌは輝いている）

自分ではあそこまでの笑顔を引き出すことはできなかった。

その安心しきった様子は決して洗脳などではないのだとクラウドに事実を突きつける。

自分はどこで間違えたのだろうか。

間違えなければ、今こんな風にはなっていなかったのだろうか。

……いや、本当はどこで自分が間違えたのか、クラウドは分かっていた。

セリーヌは確かにクラウドに愛情を抱いてくれていた。それは事実だ。そんな感情を偽れるほどセリーヌは器用な人ではない。

（その気持ちを粉々に砕いたのは、俺自身だった）

ずるく卑怯な計画のために、エリザを愛しているかのように振る舞った。

煩わしいと思いながら、排除できるまでの少しの間ならばと、わざと思わせぶりに気を引いた。

それをあろうことかセリーヌ自身に見られていた。そんなつもりではなかったなどと言い訳にはならない。誤解でもなんでもなくそう見えるように仕向けていたのは紛れもなくクラウド自身なのだから。

そして全部失うことになった。なんとマヌケなことだろうか。

セリーヌを傷つけないようにするためと言い訳して、誰よりもセリーヌを傷つける真似をしていたのは自分だったのだ。

（彼女は優しい人だから、きっと話せば真剣に聞いてくれたはずだったのに）

エリザに困っていること。自分は間違いなくセリーヌだけを愛していること。エリザに君が傷つけられないか心配だと、そうならないためにも自分に守らせてほしいと――。

言葉を尽くせば耳を傾けてくれただろう。

クラウドはセリーヌのそんな誠実なところも大好きだったのだから。

踏みにじったのは自分だ。

クラウドの目の前で、ルシアンが真っ直ぐにセリーヌに愛を告げている。

(俺もそうしていれば、今君を抱きしめているのは俺だった可能性もあったのだろうか)

今更そんなことを考えても仕方がないことは分かっている。分かっているが、思ってしまうのだ。

そして自分はもう触れることのできない最愛の人の笑顔があまりにも眩しくて目を逸らした。


セリーヌがルシアンとともに魔界に戻ってしまって数日が経った。

王族や大臣たちはこの結果を上々ととらえ、満足しているらしい。

とはいえこれも結果論であり、今考えればクラウドの無謀な提案をよく許可したものだと思う。

『いざとなればクラウドやエリザを差し出す』という理屈も分かるが、魔族がもしこれまで人間が思っていた通りの存在だったならば、それで他の人間たちが無事ですむ保証などどこにもないのに。

この浅慮さも、ひょっとすると『悪』の影響だったのかもしれない。

そう、一番の収穫は魔族の本当の姿が垣間《かいま》見えたことだった。

結果的に神器は天から授けられた神器などではなく、クラウドの提案は完全に無駄に終わった形だが、魔族は人間を襲うつもりなど微塵もなく、貢ぎ物を強要するつもりもないことが分かった。

これは人間たちにとっては青天の霹靂《へきれき》。あっけなく、拍子抜けするものではあるが、長く怯え苦しんだ歴史の終わりには違いない。

おまけにセリーヌが正式に魔界に迎えられることになり、これからは国と国として関わりが持たれることになるだろう。貢ぎ物を送るような一方的な関係ではなく、こちらにも利がもたらされることになるはずだ。

クラウドは国の発展に寄与したとして王族に褒美の言葉を賜った。

(そんなものになんの価値があるというのか……)

命も惜しくないほどに焦がれたセリーヌはもうクラウドの元へは戻って来ない。


あれからセリーヌの力で裁かれた罪人は神殿内の牢にとらえられている。エリザは驚くほど素直に取り調べを受けているらしい。エリザだけでなく他の罪人たちも同じで、まるで憑き物が落ちたように、反抗することも取り乱すこともなく淡々と全てを告白していた。

「私が聖女になって、魔王を殺すことができれば……今度こそクラウド様が手に入ると思ったの……」

聖女を騙《かた》るだけならばまだしも、彼女はその力を偽るために黒魔法に手を出した。生贄は本来ならば今年魔界に捧げられるはずだった複数の家畜。神殿の所有になっているそれらを使ったらしい。せめて人の命を奪うようなことまではしていなくてよかったとクラウドは心から思う。

エリザを含め罪人の全員が、『今となってはなぜあんなにまで恐ろしいことに手を出せたのか、自分でも分からない』と話しているとのことだった。

セリーヌの血に触れることでできた彼らの傷は、罪の告白が終わると黒いあざのようなものに変わっていた。

彼らだけではなく、例えばエリザと関わりの多かったセリーヌの叔母や従姉妹も、常よりエスカレートしていた過激な思考が僅かながら鳴りを潜め、以前よりほんの少し落ち着いているらしい。そのことはマイロがクラウドに教えてくれた。

表向きアレスター伯爵家は魔界や魔族との架け橋となる偉大なる聖女の生家となったわけだが、実際は正統な当主となるはずだったセリーヌを蔑《ないがし》ろにし、生贄となることを推し進めた非道な親族としての一面はどこからか知られていき、社交界では居心地の悪い思いをしている。

マイロだけはその後セリーヌから手紙が届くようになり、魔界との縁も結ぶことになったが、アレスター夫妻やジャネットは他家から距離を置かれ、ジャネットの婚約者探しも満足に進まない現状となった。

クラウドはナターリエ夫人やジャネットがセリーヌに逆恨みをして、悪事を企むのではと警戒していたが、さすがにそれは杞憂に終わりそうだ。

とはいえ少し前までの彼らであれば今のように大人しくしているなどありえなかったように思う。

（セリーヌの力で浄化されたからこそ、心の内の悪が滅され、落ち着いたのかもしれないな）

そう思えば、悪とは何か存在そのものを指すのではなく、人の心の弱さが生む黒い感情の、行きすぎた成れの果てのことなのかもしれない。

クラウドも恐らく危なかったのだ。セリーヌの体から放たれた青白い光——その光に触れて、急に冷静になることができた。

(あの時俺は、彼女自身を殺してでも、セリーヌを誰かに渡すなど許さないと思っていた。今思えばなんて恐ろしい考えを抱いていたのか……)

セリーヌが聖女でなければ、クラウドは愛する彼女を感情のままにその手にかけていたかもしれない。

そんなことにならなくて本当に良かったと思う。

(どうか君が幸せでありますように……)

かつて誰よりも幸せを簡単に手にできたはずのクラウドにはもう、離れたところでセリーヌの幸せを願うことしかできない。

第六章◆やっぱり私は天敵です

人間界での騒動の後のこと。

ルシアンに連れられて魔界に戻ったセリーヌを見て、ゲートの繋《つな》がる謁見の間で待ち構えていたフレデリカはものすごく怒っていた。

可憐《かれん》な美少女という見た目でここまで怒ると、普通の人が怒るより何倍も怖いのだとセリーヌは思い知った。

おまけにさすがルシアンに強気に出るだけあって、どうやらフレデリカの魔力は魔族の中でもかなり多い方らしく、しっかりはっきり目に見える黒いオーラがビシビシとほとばしっていて。セリーヌはつい、（どこの魔王かと思っちゃった）と心の中で冗談まで言ってしまう始末だ。

やっとフレデリカの怒りが収まった頃にぎゅっと抱きしめられ「おかえり」と体中撫《な》でまわされた。

それもそれでちょっとだけ怖かったものの、賢明なセリーヌは口には出さないでおいた。それにこうして怒ってもらえることも、歓迎してもらえることも心から嬉《うれ》しいのである。

庭園に顔を出すと、セリーヌを見るなりビグは泣いた。

「オレ、オレ……セリーヌさまに、会いたくて……」

大きな背中を丸めて、大粒の涙をぼたりぼたりと落として小さく震える姿は、まるで赤ん坊のように無垢《むく》で。

ビグは可愛《かわい》い。体が大きくて、泣き虫で、心優しい甘えん坊。セリーヌはいつもビグに癒《いや》されている。

しかし、正直なところ、すぐにそれどころではなくなってしまった。

驚くことに、ビグの大きな体の向こうで、庭園の花が信じられないほど咲き乱れていたのだ。

その量と言えばもう本当に、最初に見た庭園とは言えない庭園の面影は微塵《みじん》もない。花なんてほんの申し訳程度にぽつりぽつりとついているだけだったのに。人間界に戻る前、「たくさん咲いた」と喜んでいた時の比ではない量だ。圧巻の光景だった。

「セリーヌさまに、もう、会えないかと思って……泣いたら、咲いた」

驚きを感じ取ったのか、ビグが照れたように説明するが、全くもって意味が分からない。

(どういう原理でそんなことが起きるの？)

「セリーヌ様に会いたいって思いながら泣いたらお花がいっぱい咲いたんだって～！　すごいねっ！」

いつものようにメリムが通訳してくれるが、あまり言っていることが変わっていなくてやっぱり分からない……。

それでも改めて説明してもらうと、まさにそのままの意味だったようで。セリーヌに会えないと悲しくてビグが泣いたら、その涙が土に三粒落ちた時点でなぜか花の蕾《つぼみ》がむくむくと育ち、一斉に咲き始めたらしい。

(いや、なんで？)

理解はしたが、謎は深まるばかりである。

のちに、文献によってその謎は解けることになる。

どうやら聖女の力の源は「愛」。聖女であるセリーヌへの愛を込めた涙と、そのセリーヌが愛情込めてお世話をしたという、聖女の関わる愛のかけ合わせで小さな奇跡が起きたらしい。

そんなことがありえるものだろうか？　と不思議に思ったセリーヌだったが、そもそも聖女の力そのものが奇跡みたいなものである。疑問を抱くこと自体が野暮かもしれない。

それから、よく見るとセリーヌとビグが与えていた肥料によって、咲き方が違うことが分かった。

花が咲くようにと色々試行錯誤をしていく中で、肥料の効果を確認するために同じ花でも違う肥料を与えてみたりと工夫していたのだが、ここにきてその成果が出たというわけだ。

これほど花が咲いたのは愛の奇跡かもしれないが、これまでの努力も無駄ではなかったことが分かり、なんだか泣きそうに嬉しくなってしまった。

それにあんなに寂しかった庭園中いっぱいに、こんなに花を咲かせるほど、ビグが自分に親愛の情を抱いてくれていることもとても嬉しかったので、それ以上難しく考えることは止めた。

嬉しいものは嬉しい。素敵なものは素敵。それで十分ではないか。

余談ではあるが、あの日わざわざ人間界までセリーヌを迎えに来てくれたルシアンたちと、そんな彼らに接するセリーヌの態度や反応を見て、ずっと大きな誤解があった人間の魔族に対する偏見が弱まりつつある。

魔族にしてみれば全く脅威でもなかったとはいえ、傷つける意思を持って武器を向けられたのに、人間を決して攻撃しなかったルシアンやメリム、そしてシャルル。それに加えて聖女であるセリーヌが彼らに味方する姿。聖女の血に触れても傷つくことなく平気でいた様子。

そんな全ての光景は今までの常識を覆すには十分なインパクトがあったらしい。

そもそも人間たちの間では言い伝えばかりが広まっていて、実際に魔族の姿を見ることなどなかったわけで。初めて見たその姿が恐ろしくなかったことも功を奏したのだろう。

（メリムは妖艶美女モードだったけれど美しいし、シャルルは見た目美少年だし、ルシアン様は必死で私を抱きしめてちょっと泣いていたし……）

今はまだ変わったと言ってもほんの少し、本当に少しだけではあるが。それでもこれが大きな一歩になるとセリーヌは信じている。

実際に、これからは試しに交易をしてみないかとシャルルが人間側と交渉を始めている。人間側の態度は恐る恐るといったものではあるが、それでも危害が加えられないうちはきっとその話を断ることはないだろう。

今回、人間が「天につかわされた」と勘違いした武器にしても、魔族からすれば煌《きら》びやかなだけのガラクタでしかないが、人間には計り知れないほどの宝物に間違いなかった。そして魔族が欲しがるのは人間からすると大きな負担にはならない花の苗や魔界で採れない野菜、家畜などというわけだ。間違いなく双方に利益がある美味《おい》しい取引である。

それを差し引いても単純に断るのは怖いという事情もあるだろう。

そのことも分かった上で、シャルルは決して人間に不利にならないように考えを尽くしてくれている。ルシアンもそんなシャルルを信頼してこの件については全てを任せているのだ。

そんなルシアンやシャルルの優しさと誠実さを見て心が温かくなると同時に……セリーヌはちょっとだけ考える。

「それだけ魔族の皆が人間に気を遣ってくれているのに、どうして人間たちは結納金代わりの武器を、魔族を討つことのできる天につかわされた神器だなんて思い込んだんでしょう？」

もちろん、エリザが聖女として名乗りを上げたというタイミングの良さもあっただろう。人間界では手に入らない特別な物だったことも事実だ。

けれど、それこそ貢ぎ物の要求の件で、ルシアンたちは人間がとんでもない勘違いをしていたことを知っていたわけで。

結納金のようなものだったのならば、正式な目録や文書などは添えなかったのだろうか？

そんな素朴な疑問に、珍しくシャルルがぎくりとした。

いつも冷静沈着なシャルルのそんな姿は珍しい。

「実は手紙は……書いたのですが……」

「手紙？」

「はい。ルシアン陛下には生贄《いけにえ》の要求と誤解を与えた前科があったので、私が代わりに。しかしどうやらうまく伝わらなかったようですね……本当に不甲斐《ふがい》ない思いです」

一体どういう手紙を書いたのやら？

よっぽど情けない気持ちなのか詳しくは話したがらなかったけれど、セリーヌを魔界へと送ってくれた人間に感謝する、というような内容を丁寧に書いたらしい。

内容を実際に見ていないからよく分からないものの……ひょっとして盛大な皮肉で煽《あお》っていると思われたのでは？

おまけによくよく聞くと、手紙がきちんと届くようにと武器などと別に送り届けたらしい。タイミングが一緒とはいえ、その武器が贈り物であり、手紙がそれに添えられたものだと気づかれなかった可能性が高いように思えた。

結局、この中にいるからとても常識人に見えるだけで、シャルルも魔族なのだ。愚かで弱虫な人間の心情を本当の意味で理解するには、両者の間に高い壁がそびえたっているということである。

「しかし、その過ちを踏まえて、より慎重に行動をすることで、今は問題なく人間側との交渉も進めることができています。人間は過ちを犯すことでより成功への道は開けるというような意味の言葉を好むと聞いたことがありますが、その通りですね。私も学びになりましたし、少し人間の心理に迫れた気がいたします」

少し得意げなシャルルに、野暮なことは言うまいと思ったのだった。


夜、ルシアンがセリーヌの部屋を訪ねてきた。二人でゆっくりと話している中で、セリーヌはふと気になったことを口にする。

「結局ルシアン様が体調を崩していたのはどうしてだったんですか？」

魔界に戻り、温かな歓迎が嬉しくてすっかり聞くのを忘れていたが、これはセリーヌにとって重要な質問だった。ルシアンが体調を崩していたことを聖女の力の影響だと勘違いして、セリーヌは思い悩んでいたのだから。

聖女の力がルシアンの命を脅かさないことは分かったが、体調不良の原因は知らないままである。これを知らないままでは心から全ての憂いを取り払い、落ち着くことができない。

セリーヌの問いに、ルシアンはバツが悪そうに目を逸《そ》らした。その顔を覗《のぞ》き込んでみるも目が合わない。

それほどに言いにくいことなのだろうかと不安になってくる。

「やっぱり、悪しきものじゃなくても聖女の力が魔族の魔力と相性が悪くて、少なからず魔王様に悪影響を与えてしまっているんじゃ……」

「そ、それは違う！」

慌てて否定したルシアンは、セリーヌの額や頬やこめかみ、頭にちゅちゅちゅっとキスを繰り返す。

「違うと言えるということは、別の原因がちゃんとはっきり分かっているってことですよね？」

じとっと見つめてみると、困ったように眉尻を下げた情けないルシアンが見つめ返してくる。

子犬のような瞳で上目遣いされると「うっ」と息が詰まるけれど、うっかり絆《ほだ》されるわけにはいかない。

これからはどんなに言いにくいことでも全部言って、どんなに聞きにくいことでも全部聞くと心に決めたのだ。

だって、聖女の力が魔族や魔王様を害することがない、なんて、聞いてしまえば一瞬で分かることだった。

いくらルシアンに、「自分を殺すために心を許しているふりをしていた」と思われるのが怖かったとはいえ、完全に自分一人で思い込んでから回って、セリーヌがルシアンを不用意に傷つけた上に多大な迷惑をかけたことには間違いないのだ。

もう、あんなことは絶対にごめんだと本気で思っている。だからこそはっきりさせておきたい。

それでもうろうろと視線をさまよわせ、数秒逡巡《しゅんじゅん》したあと、ルシアンは観念したのか口を開いた。

「……スをすると、……できなくてセリーヌを…………から……」

セリーヌはぱちぱちと瞬《まばた》いた。

(声ちっさ！)

「あの？　もう一度、もう少し大きな声でお願いできますか？」

「～～っ、だから、キスをすると我慢できなくてもっともっとセリーヌを求めてしまいそうになるから！　無理強いだけは絶対にダメだと我慢しすぎてちょっとやつれて……自制のためにあまり触れ合いすぎないようにしていただけだ……！」

予想外の答えの攻撃力に面食らうセリーヌ。

(う、嘘《うそ》でしょ⁉　そ、そういうことっ⁉)

ボン！　と一気に赤くなってしまったセリーヌに気づいているのかいないのか、ルシアンはさらに続ける。

「大体、セリーヌが可愛すぎるのがいけないんだ！　待つとは言ったし待つつもりはあるけど、こんなに近くに愛する人が可愛らしい顔をして自分を想《おも》ってくれているのが分かっていて、とてもじゃないが普通でなんていられないだろうっ！」

「そ、それならそうと言ってくれれば……っ」

「そんなかっこ悪いこと言えるわけがない……それにどんな風に伝えてもセリーヌは良かれと思って僕と距離を置きそうじゃないかそんなのは絶対にダメだ一緒にいられる時間はずっと一緒にいたいしどうしようもない時以外で僕の側《そば》にセリーヌがいないなんてそんなこと耐えられるわけがないし」

「あの、息継ぎをしてください」

促すと言葉を止めたルシアン。「すごい、よく息が続くな」などと思うセリーヌの前でハアハアと息を切らしている。

「とにかく、君を必要以上に怖がらせたくないのに、君に全く触れないなんて耐えられないっていう僕の我儘《わがまま》の結果だよ。それで不安にさせてしまったなんて本当に不甲斐ない話だけれど……」

なるほど、と思う。

「つまり、私が知らず知らずのうちにルシアン様に我慢を強いてしまっていたわけですね」

「だから、それは僕の我儘の……」

「我慢しなくても、大丈夫です」

その言葉に焦ったように声を上げかけたルシアンが「え」と声にならない声を漏らして固まった。

「セリーヌ……？」

「我慢しているから、ルシアン様は辛《つら》いんですよね？　私も自分のためにあなたに無理を強いるのは嫌です。ずっと私のことを考えてくれているルシアン様ですもの。きっと私のことを大事にしてくれるって信じていますし」

「それはもちろん！　君を大事にするに決まっている！　……いいのか？」

「はい、もちろん」

ごくり、とどこからか音が聞こえた。

壁際に控えてヒヤヒヤと見守っていたシャルルが驚いたように目を見開いている。なぜかメリムが「セリーヌ様、大胆！」と小さな声ではしゃいでいるけれど、セリーヌは気づかない。

セリーヌだって自分の気持ちを言葉で伝えることの大切さは知っている。というか、身をもって思い知った。

とにかく、セリーヌにだってルシアンのことが好きで、大好きなルシアンに触れてほしいという気持ちだってあるのだ。

「私、うまくこたえられるかは分からないですけど……でも、嫌じゃないです。むしろ嬉しいというか……」

「セリーヌ……！」

「ただ、できればお手柔らかにお願いできればと思いますけど……」

「もちろん！　初めての君に無理をさせるわけにはいかないからね！」

うきうきと頬を紅潮させて喜ぶルシアン。

（ん……？）

なんだか不思議なことを言われた気がする。

「初めての君に」？　とは、どういうことだろうか？　セリーヌは今までだってルシアンと何度もキスをしているのに……。

そこまで考えて、セリーヌはやっと己の重大な過ちに気がついた。

（待って！　ひょっとして、そ、そういう意味……!?）

セリーヌはただ、明らかにキスやハグが減ったことに対してルシアンが我慢している、という話なのかと思っていたのだ。そういうことならば自分も寂しいし我慢なんていらない、だからもっとキスしたい……という素直な気持ちを伝えたつもりだった。だがルシアンはどうやらそのもう一歩先の話をしていたらしい。

しかし、今更勘違いだったとも言えない。ルシアンは大喜びでセリーヌの顔中にキスをし始めたからだ。

さっきまで余裕綽々《しゃくしゃく》で大胆なことを言ってのけていたセリーヌが急にカチコチに固まったことで、メリムとシャルルは察したらしい。

「なんだかメリム、嫌な予感がするなあ～」

「奇遇ですね、私もですよ。どうやら多大な誤解があるような」

「まあ相思相愛なんだし、別にいいよねっ！」

「ルシアン陛下の悲願でもありますしね」

「ねー！　こんなに美味しそうなセリーヌ様が側にいるのにずーっとお預けだったもんねっ！　つい

にセリーヌ様、ルシアン様に食べられちゃうんだねえ〜」

遠くでそんなメリムとシャルルの話を聞きながら、ハッとしていた。

いつかの会話を思い出したのだ。今と同じような内容の会話を――。

『私が食べられるのは、もう少し先になるのね……』

『あははっ！　そうだね、ルシアン様に食べられるのは、儀式がぜーんぶ終わってからだよお。ルシアン様、お預けだねっ！　セリーヌ様、こーんなに美味しそうなのにね〜』

セリーヌはあの時、生贄という事実を突きつけられ、さらに魔族にとってそれは重要なことではないのだと、魔族と人はこれほどまでに感覚が違うのだと途方に暮れた。

しかし、あれもひょっとしてそういう意味だったというのだろうか。というか、今の流れを考えると、きっとそうに違いない。

（まさか、私、ずっとずっと勘違いばっかりしていたってこと……!?）

恥ずかしさと衝撃で、セリーヌは頭を抱えたくなった。人間はとんでもない思い違いばかりしていると最近気づいたわけだが、その筆頭はセリーヌ自身だったということなのだ。

とはいえ、正直なところ――そういう風に望まれていることが嫌なわけではない。

セリーヌはもうなんの憂いもなく、愛する人に愛を捧《ささ》げても許されることを知っているのだから。

そうして穏やかな時間を過ごしている中で、ルシアンが言った。

「セリーヌ……もしも君が嫌でなければ、もう一度儀式をやり直さないか？」

セリーヌがルシアンの妃《きさき》になることを、本心から受け入れられるようになるまで待つと言ってくれていた、儀式。

実際にはその時点ではセリーヌは『自分の立場』というのが生贄のことだと思い込んでいたわけだが、それは置いておいて。

「だけど、私がルシアン様のお名前を最初に呼んだあのときに儀式は完全なものになったのではなかったのですか？」

セリーヌがそう投げかけると、う、とルシアンは言葉に詰まって。

「確かに、魔力はすっかり繋がった。しかし、私とセリーヌの儀式は、何も魔力を繋げるためだけのものではないと思っている」

セリーヌは、一瞬何を言われているのか分からなかった。

ポっと頬を染めるルシアン。

「人間は、神に永遠の愛を誓って夫婦になるのだろう？」

「あ……それってもしかして……」

ルシアンは、結婚式をやり直そうと言ってくれているのだ。

シャルルとメリムが退室して、ルシアンと二人になったセリーヌは、ふと気になっていたことを思い出した。

「そういえば、私のことをずっと前から知っていたとおっしゃっていましたが……いつからですか？」

ルシアンはこれまでに何度か、前からセリーヌのことを知っていたと言っていた。クラウドのことも知っていたくらいだ。セリーヌには全く覚えがなくてどういうことなのか気になってはいたものの、なかなか聞くタイミングがなかった話。

「そうか、君は覚えていないんだったな」

「……？」

首を傾《かし》げるセリーヌに、ルシアンは穏やかに微笑《ほほえ》みかける。

「少し長くなるが、聞いてくれるか……僕が初めてセリーヌに会った時の話を」

いつものようにソファで隣り合って座ったルシアンは、セリーヌにくっついて手を握ると、当時を懐かしむように目を細めて話し始めた。

◆◇◆◇

ルシアンがまだ幼い頃、実は人間界へ遊びに行ったことが一度だけあった。

今は妻とともに魔王城を離れて田舎で隠居スローライフを送っているルシアンの父——先代魔王の時代の話だ。

その頃、ルシアンは母に言い聞かされていた。

『人間は魔族とは何もかも違う生き物なのよ。良くも悪くも私たちの常識が当たり前と思っていては、きっと酷《ひど》い目に遭ってしまうから、あなたはまだ人間界へ足を踏み入れてはなりません』

そう言い聞かされなければならないほど、当時のルシアンは人間界に興味深々で、好奇心旺盛、そして行動力も兼ね備えた子供だったのだ。

しかしダメと言われれば余計に興味をそそられるのが常というもの。そこは人間も魔族も同じなのである。

ルシアンは、言いつけを破り人間界へ出かけてしまった。気心のしれた幼馴染《おさななじみ》だけを連れて。

子どもの頃の、大冒険の思い出ができて終わるはずだった。

けれどルシアンは自分で思っている以上に、人間のことを甘く見ていたのだ。

幼馴染は獣型をとる魔族だった。そういう魔族は成長して魔力が安定するまでは人型になれないことが多い。そして人が決して敵《かな》わない魔族といえども、ある程度成長するまでは人間の子供と同じように怪我をしやすく、体も強くはない。

街中に入り人が多くなった頃に、ルシアンの幼馴染が、横暴な貴族の馬車に跳ね飛ばされて怪我をしたのは、そんな事情もあってのことだった。

「ど、どうしよう……！」

血を流し、ぐったりと横たわる幼馴染の姿に、ルシアンはパニックを起こしかけていた。

「とにかく、助けを呼んで、そうだ、お医者様を……！」

当時体が小さく非力だったルシアンでは、力が抜けて重くなっている幼馴染を抱き上げて動き回ることもできず、やむを得ずその場に寝かせて、医者を探して走り回った。

しかし、ルシアンには思いもよらなかった。知り合いでもない子供が必死で声をかけたとしても、その辺りの人間が相手にもしないほど冷たく、薄情であるなんて。

だからルシアンは誰も助けてくれないことに絶望した。

（どうしよう、どうしよう！　僕が人間界に行ってみたいなんて言ったから……！）

速やかな転移もまだ使えない。そのせいで、魔力を使いやすい広い場所に移動できなければ魔界に帰ることもできない。

頭の中が真っ白になりながらもなんとか一度元の場所へ戻ると、誰かがしゃがみ込み、幼馴染のことを診ていた。

（あいつ、僕の大事な友達を……！）

最初は酷いことをされているのかと思った。けれど違った。近づいてみると、その少女は幼馴染の血に濡《ぬ》れた傷口に清潔そうなハンカチを当て、優しい声で励ましてくれていたのだ。

「はやく治りますように。痛くなくなりますように——」

絶望し、心細さに息をするのも忘れそうなほどの恐怖を感じていたルシアンにとって、それはまるで天使が助けてくれているようにも見えた。

慌てて近づき、満面の笑みでお礼を言ったルシアンに、その少女ははにかみながら応えてくれた。

（可愛い……本当に天使様なのかもしれない……）

人間は誤解しているが、魔族にとって女神や天使は人間が思うのと同じように、神聖で大切な存在である。人間は魔族のことをほとほと勘違いしているわけだ。

魔界に帰って、当然ルシアンは両親にとんでもなく叱られることになる。

それでも大きな罰を受けずに済んだのは、一緒に連れ出した幼馴染の傷が、魔界に帰る頃にはほとんど塞がっていたからだった。

ほんの少しの冒険、あっという間に失敗して、ちょっとだけ怪我をして、すぐに諦めて帰ってきたのだと思われたのだ。罪悪感にかられたルシアンは幼馴染が大怪我を負ってしまったことも全て白状したが「そんな事故に遭ったなら、こんなにすぐに怪我が癒えるわけがない」「恐ろしい思いをして混乱しているのだろう」と宥《なだ》められるばかりだった。

その後、しばらくルシアンは何も手につかなかった。

あの天使様が忘れられない。だから、幼馴染と一緒に天使様のことを探してみることにした。今度は慎重に、魔界からだ。人間界におりずとも、範囲を絞れば少し覗くくらいはできるから。

そして見つけた。忘れられない少女のことを。

残念ながら彼女には婚約者がいるようだったものの、そんなことくらいでは諦められなかった。

（せめて、友達になりたい。本当は結婚したいけど。無理でもいつか魔界に遊びに来てほしいな……）

執着心をゆっくりと育てながら大きくなったルシアンは、それからもずっと彼の天使を観察し続けた。初恋をどんどん拗《こじ》らせ、渡す予定もないドレスや靴、アクセサリーをせっせと用意しながら。

なんとも健気《けなげ》かつ残念な魔王である。

そして運命の出会いから何年も経《た》ち、様々な紆余《うよ》曲折があって二人は再び出会うことになる。

何の因果か、彼女に渡したくて人間に「欲しい」と望んだ花の代わりに、魔王城に天使が降臨したのだ。

（これは、運命。運命でしかない……！）

ルシアンは震えた。緊張して気絶しそうな思いをなんとか抑えて、平静を装ってやっと口にしたのだ。

「——名前は？」

本当は聞くまでもなく知っていた。ずっと恋い焦がれていた初恋の少女。

◆◇◆◇

「彼女の名前はセリーヌ。セリーヌ・アレスター伯爵令嬢。そう、君のことだよ」

なぜか得意げな顔でそう締めくくったルシアンは、遠い記憶にあるようなないような、そんなハンカチをすっと差し出してきた。

セリーヌはぽかんとしている。

セリーヌとルシアンの出会いの物語。正直なところ、セリーヌの頭の中にまず浮かんだ感想は「ストーカーかな？」である。

ずっと観察されていた。だから魔界に来てすぐ、セリーヌのためのドレスやあれやこれがばっちりと準備されていたのだ。そういう便利な魔法があるのかと思っていたがなんのことはない。メリムが言っていたように以前からいつでもセリーヌを迎えられるように準備されていたのだ。

来るかどうかも分からないセリーヌを待って。

（クラウド様と街デートしたときの甘酸っぱい思い出。確かに怪我をした動物の手当てをして、飼い主の男の子にお礼を言われた。あれがルシアン様だったなんて……！）

つい最近思い出したばかりの記憶が蘇《よみがえ》る。運命とは不思議なものである。

「じゃあ、クラウド様のこともその時から知っていたんですね……」

もっと聞きたいこと、聞くべきことは他にあるような気もするが、セリーヌの口から出たのはそれだった。

「いや？　あの時は全く気づかなかった。セリーヌが眩《まぶ》しすぎて誰かと一緒だったことも気づかなかったくらいだからね。後で調べて婚約者がいるって知って、どれだけ悲しかったことか」

「そ、そうですか」

やはりルシアンはなぜか得意げだ。

(だけど、本当に、本当にずっと、ルシアン様は私のことを想ってくれていたんだ……)

驚きが勝ってしまったが、冷静に考えるとそういうことに違いなかった。ストーカーなどと思ってしまったものの、今のセリーヌには、普通なら引いてしまいそうなそれすらも喜びになってしまうのだから、恋とは面白い。

結局、好きならば何でも許せてしまうのだ。……果たしてそれでいいのか分からないが。

「今思えば、あの時魔界に帰ってくる頃には怪我が治っていたのも、セリーヌが聖女だったからなんだろうね。安心してしまって思い至らなかったけど、冷静に考えれば命を落としてもおかしくないほどの大怪我だったから、確かにあんなにすぐに癒えるわけがなかったはずだ」

思い返してみると、あの時に限らず昔からセリーヌのおまじないはよく効いたように思う。

ルシアンとデートしたときにおまじないをかけてあげた男の子も、すぐに痛くなくなったと言っていた。子供騙しの暗示にすんなりかかってくれて可愛いと思っていたが、まさか無意識に治癒していたということだろうか。

「メリムやシャルル、他の使用人たちもセリーヌがきてから元気になっていたしね」

そういえば、セリーヌの育てる花は長くよく咲いた。それもひょっとして、以前から聖女の力の影響があったということなのかもしれない。

聖女の託宣を受けたのはつい最近ではあるものの、ずっとその力は持っていたということなのだろう。

「怪我といえば、あの時に私が手当てをしたという、その幼馴染の方はどこにいるんですか？」

子供の頃の大冒険に一緒に出るような親しい人なのに、セリーヌはまだ会ったことがない。せっかくなら紹介してほしい。

そう思ったのだが。

「え？　ああ、そうか。あの時は獣型で、今はずっと人型だからこの話を聞いても気づかなかったんだね。あれはメリムだよ」

「ええっ⁉」

「だからメリムはずっと僕の協力者で、セリーヌのことをものすごく好いている。もちろん……ぼ、僕のセリーヌへの愛には及ばないけど」

もじもじと恥ずかしそうに愛を告げるルシアンに、構っていられないほどセリーヌは驚いた。

あの時手当てした動物がどんな風だったかはあまり記憶にない。だから余計にイメージが湧かない。

（あの動物が、メリム……）

そしてメリムはルシアンの幼馴染。

セリーヌは思った。やはりこの魔族たちはいちいち情報量が多い。こちらの驚きが追いつかないではないか。

そして思わぬタイミングで、メリムがどうしてあそこまでセリーヌに好意的だったのかの理由が判明した。

唖然《あぜん》としたままなかなか現実に戻ってこられずにいるセリーヌに、ルシアンは不思議そうに言う。

「そんなに驚くことだったたか？　信じられないならメリムに獣化してもらうといい。魔力が安定しさえすれば人型の方が便利で楽だからとずっとあの姿でいるだけで、獣型になれないわけじゃない」

それはなかなかいい提案のように思えた。

叔父家族と仲が良くなかったから飼うことなど到底できなかったが、元々セリーヌは動物が好きだ。

あの無邪気で美人なメリムの獣型の姿なんて可愛いに決まっている。

後日、喜んでネコ科っぽい動物姿になったメリムがセリーヌにこれでもかと愛《め》でられるのを見た獣型をとれる魔族の面々が、次々と獣化してセリーヌに可愛さをアピールし始め、それぞれ嫉妬したルシアンとシャルルによって、しばらく魔王城に獣化禁止令が発令されるのは、また別の話である。

エピローグ

その日、セリーヌの朝はいつもより二時間も早く始まった。

いつもはセリーヌの世話の全てを独り占めしたがるメリムだが、今日ばかりはそうも言っていられないと、たくさんのメイドたちがセリーヌの部屋に集まっている。

なんと言っても今日はやり直しの儀式の日。人間でいうところの結婚式。

主役であるセリーヌはこれからこれでもかと磨き上げられ、時間をかけてふさわしい準備を整えられていくのだ。

人間側のしきたりで、花婿は儀式前に花嫁の姿を見ることはよくないとされている。

だからこそ今日のセリーヌはまだルシアンと顔を合わせていない。

人間界に戻っていた期間をのぞけば、朝の挨拶とともにルシアンの顔を見ないのは、魔界に来て以来これが初めてだ。

(なんだか、そわそわするわね)

飾り立てられながら、落ち着かない気持ちを覚えるセリーヌ。

しかし、当然ながらそれは彼女に限ったことではなかったようで。

「セリーヌは大丈夫だろうか？　何か支度に足りないものはないか？」

「魔王様！　セリーヌ様は大丈夫ですので部屋でお待ちください！」

時々、ルシアンの緊張を含んだ固い声と、メイドの呆《あき》れた返事が、廊下から部屋の中まで聞こえてくる……。

どうやら部屋の前から追い払われたようで、すぐに声は聞こえなくなった。

しかし。

「セリーヌは緊張していないか？　二度目とはいえ、一度目とは随分心持ちが違うだろうからな」

「魔王様、セリーヌ様の心配よりまずはご自分の心配をなさってください！　見るからにとても緊張されていますよね⁉」

少し時間が経《た》つとこれである。

またもや追い払われたようだけれど、ルシアンは懲りない。

「セリーヌの準備は……」

「順調ですから！」

ついに最後まで言わせてもらえなくなっている。

報告を受けたシャルルに「いい加減になさいませ」とルシアンに叱られる声が聞こえてきた後、やっと落ち着いて準備ができるようになったメイドはため息をついていた。

さすが、初恋を拗《こじ》らせ続けた執着心としつこさは伊達《だて》ではない。

（もう、ルシアン様ったら……ふふっ）

ある意味ルシアンのおかげで緊張がほぐれたセリーヌだった。

そうして、やっと全ての準備が整った。

もうすぐ儀式が始まる。


大聖堂に穏やかな陽の光が差し込んでいる。

これからここで、ついにセリーヌの運命を変える儀式が行われるのだ。

彼女は今、真っ白いベールをかぶり、震えてしまわないように気を引き締めて立っていた。

繊細な刺繍《ししゅう》が施されたドレスも白。ベールの下で今はあまり見えないけれど、ブルーグリーンの髪の毛にも純白の真珠がいくつもつけられていて、今のセリーヌは全身に白を纏《まと》っている。

手に持つ花束までもが、その純白を纏った全身に溶け込むような白だった。

「それでは陛下。結びの儀式をお願いいたします」

目の前に立つ、真っ黒なローブを着た男性がセリーヌの隣を見て告げた。

その声に応えるようにベールが捲《まく》られ、隣に立つ魔王陛下がセリーヌの真っ白な喉元から顎にかけて手を伸ばす。

白銀の髪がサラリと揺れ、透き通るようなブルーグレーの瞳がセリーヌの金色の瞳を射抜くように見つめる。

（──ついに、この時がきたのね）

思えばここまであっという間だった。

セリーヌはほんの少し前まで、自分がこんな運命を辿《たど》ることになるなんて、想像もしていなかった。

静かに目を閉じる。

命をかける覚悟はもうとっくにできている。

心臓はこれ以上ないほどに強く震えているけれど、不思議と頭の中は落ち着いていた。

セリーヌは今日、この儀式を終えれば、魔王ルシアンの——。

最愛の、妃《きさき》になるのだ。

ここまで本当にいろんなことがあった。そんなに長くはなかったものの、濃密な時間を過ごしたと思う。

思い込みや誤解、すれ違いでいっぱいだった。なんたって最初にこの場所に立った時には自分のことを生贄《いけにえ》だと思っていたのだから。

あの時、あれほど恐ろしく絶望の冷たさを持つ人だと思っていた魔王ルシアン様。

今は、この世界で誰よりも甘く優しく、セリーヌの唯一の存在になった。

本当に、ほんの少し前まで自分がこんなことになるとは思ってもみなかった。

こんなことになるなんて。こんなに、幸せになれるなんて……。

ルシアンの指が、セリーヌの顎にかかる。その熱があまりに優しくて、セリーヌは思わず少し笑ってしまった。

「……今日は泣かないんだな」

「っ！　ふふ……」

そう言ったルシアンの目は悪戯《いたずら》っぽく細められていて。魔界に来てすぐに行われた最初の儀式のときのことを揶揄《からか》われているのだとわかった。

「だが、今更引き返すことはできない」

「はい……引き返せって言われてももう離れません」

セリーヌは気づいた。ルシアンの言葉が少し硬い。わざと最初の儀式のように振る舞っているからだと思っていたけれど、それだけではない気がする。

（そっか、緊張すると硬く、まるで冷たいと勘違いしちゃうような態度や言葉遣いになっちゃうのね）

つまりルシアンは緊張しているのだ。最初の儀式の時は今よりももっと緊張していたということだろう。そして、今も少しだけ。

ふふ、っと思わず漏らしたセリーヌの微笑《ほほえ》みはあっという間にルシアンの唇に全て食べ尽くされてしまった。

セリーヌはもう数を数えたりもしない。余計なことは何も考えず、ただ今この瞬間の幸せを全身で味わうのだ。

セリーヌを心行くまで堪能したルシアンはやっと唇を離す。そのまま額同士をくっつけて、ほうっとため息をついた。

儀式に参列した魔族たちから祝福の声が上がる。

「セリーヌ様、とっても綺麗《きれい》だよっ！　おめでとう！　メリムも嬉《うれ》しい！」

メリムは満面の笑みだ。いつも通りフリフリの特別仕様メイド服なのはご愛嬌《あいきょう》だろう。どうやら気に入っているらしい。

「ほらメリム、あまり身を乗り出しては転んでしまいますよ……セリーヌ様、ルシアン陛下、おめでとうございます」

シャルルは丁寧に祝福を述べながらも、いつものようにメリムを気にするのも忘れない。さすが冷静沈着な美少年。

「ふん！　そんな魔王みたいな男に飽きたらいつでも私のところにきてね、セリーヌ様！」

フレデリカは相変わらずだけれど、その瞳は祝福の気持ちに満ちている。なんだかんだルシアンとも仲がいいし、ちょっと素直じゃないだけなのだ。……多分。

そして、ついでに言うならルシアンはまごうことなき魔王である。

セリーヌとルシアンの上に、ビグが庭園で集めた花びらをまいた。手で振りまいていたけれど、乱暴にしないように気をつけているせいであまり遠くまで届けられていない。それが不満らしく少しむっと口をとがらせて、ひらめいたように花びらを手のひらにのせると、ふうっと思い切り息を吹いた。

途端、強風が吹きつけたようになり、花びらとともにそこにいる全員の髪がなびく。

そんなつもりじゃなかったとばかりに慌てふためくビグが可愛《かわい》くて、セリーヌはついに声を出して笑ってしまった。笑顔に華を添えるように、色とりどりの花がセリーヌの周りに舞っている。

降り注ぐ花の中で、ルシアンが急に胸を押さえてうめき声を上げた。

「うっ、心臓が痛い……」

「えっ⁉　だ、大丈夫ですか⁉」

「セリーヌが可愛すぎて死にそうだ……」

「っ！　もう！　ルシアン様ったら」

まさか、やはりセリーヌの聖女の力がルシアンを害すのでは……なんて、思うことはもう決してない。

――セリーヌは命をかけて恋をした。

聖女が魔王の『天敵』だと思っていたのは人間の、セリーヌの勘違いだった。聖女の力は魔王を殺すことはない。

けれど、一つだけ間違いではなかったこと。やはりセリーヌはルシアンの唯一の天敵なのである。

いかに人間が太刀打ちできない魔王と言えど、愛する人には敵《かな》うわけがないのだから。


～ＦＩＮ～

番外編　魔王と聖女、人間界に挨拶へ行く

「人間界に挨拶に伺おう」

「突然どうしたんですか……？」

ルシアンの宣言に、セリーヌは目を瞬いた。人間から魔族への偏見や恐怖心が少しだけ薄まり、シャルルが人間界との交易開始の準備をしているとはいえ、長年刷り込まれた魔族への恐怖心はすぐには消えない。そんな中でルシアンが人間界に『挨拶』に行くなど、一体どのような騒ぎになることだろうか。

（というか、挨拶って誰に、どんな挨拶をするつもりなのかしら……？）

ルシアンの『生贄要求《いけにえ》』騒ぎや、シャルルの手紙の件など、魔族の感覚が人間たちと少しずれているのはセリーヌにもよく分かっている。場合によっては自分が止めるべきかもしれないな……と思いながら、セリーヌはルシアンをじっと見つめる。

そんな視線を受けて、ルシアンは力強く頷《うなず》いた。

「ああ、セリーヌ、そんなに心配そうな顔をしなくても大丈夫だ。安心してくれ、僕も度重なる失敗を経《へ》て反省し、人間のことについて学んだんだ」

胸を張るルシアンは数冊の本を差し出してきた。

「小説、ですか？」

どれも人間界にいた頃に書店に並んでいるのをよく見たことがある本だった。ちなみにその全てが恋愛小説であり、よく見ると身分違いの恋を題材にしたものが多いような気がする。

セリーヌとルシアン……人間と魔王。これも身分違いの恋といえるかもしれない。ひょっとしてルシアンは自分たちの境遇を投影できるようなものを選んだのだろうか。

「人間に直接話を聞ければよかったのだろうが、その機会を作るのもなかなか難しくてな」

セリーヌは首を傾《かし》げる。一番近くにセリーヌという人間がいるのに。ちなみに、ルシアンはどれほど忙しくとも毎日の就寝前にセリーヌとお茶を飲みながら話をする時間を作るので、話を聞く機会ならばいくらでもある。

「それなら、私に聞いてくだされればよかったのに」

「……こっそり勉強して、セリーヌを驚かせたかったんだ」

「そ、そうですか」

照れくさそうに微笑《ほほえ》んだルシアンがあまりに優しい目をしているので、セリーヌはそう答えるしかなかった。

「ええっと、それで、挨拶とは具体的にどのようなことを考えているのですか？」

「最初はセリーヌの家族に会いに行き、結婚の許しを得るような挨拶をしようと考えていた。儀式──結婚式はもう終えて、僕たちはすでに夫婦だから、順番は前後するが」

「家族に挨拶、ですか」

ルシアンは、セリーヌの表情がほんの少し曇ったことに気づいたのか、すぐにその両手をそっと握った。

「だが、セリーヌは今の家族にあまりいい思い出がないだろう？」

「！　そうですね……」

「セリーヌが許したとしても、僕は愛するセリーヌを傷つけた彼らをとてもじゃないが好きにはなれそうにないしな」

ルシアンは魔王らしからぬ優しさを持っていて、セリーヌが人間であることから最近では人間に気を使っているように思う。セリーヌ自身も元義理家族やクラウドをあまり責める気持ちはないと告げていた。

だから、もしかすると優しいルシアンは過去は過去としていい関係を築こうとしてくれるかもしれないと思ったのだ。

全ての出来事が因果として絡み合って、セリーヌは最愛のルシアンの妻になることができた。だからこそ過去に苦しい思いをさせられた彼らを責める気持ちがあまりないというのは嘘《うそ》ではないが、親しくするほどわだかまりがないわけでもない。人間の心は複雑で、常に揺れ動いている、ルシアンがそんなセリーヌの心に寄り添ってくれているように感じられて、セリーヌの胸は温かくなる。

自分のために怒り、憎むためには、強いエネルギーが必要になる。ルシアンが代わりに怒ってくれているからこそ、ますますセリーヌは心穏やかにいられるのだ。

何より、ルシアンの怒りが「セリーヌのために怒っている」わけではなく、「ルシアン自身の感情として」怒りを感じてくれているということが、セリーヌにとっては嬉《うれ》しかった。これは同じようで全く違うことだから。

「だから、人間界で夜会を開いてもらおうと思う」

「えっ⁉」

「魔界で開催できれば一番いいが、人間たちが萎縮してしまうかもしれないからな」

こうしてルシアンがシャルルに指示して人間界に夜会開催を依頼し、セリーヌはルシアンとともに人間界に向かうことになった。

「そうと決まればセリーヌのドレスを作らなくてはいけないな」

「ふふ、ありがとうございます。楽しみにしていますね」

ルシアンの嬉しそうな様子に、セリーヌも微笑ましくなる。

魔界に来たばかりの頃は何かを与えられることにも申し訳なさを感じていたセリーヌも、嬉々《きき》として自分に尽くしたがるルシアンとともにいるうちに、喜んでそれを受け入れられるようになっていた。

その方がルシアンも喜ぶし、セリーヌ自身も深い愛情に満たされていく。

「挨拶でもあり、僕の妻として初お披露目でもあるからな。魔族の中でも特別な技術を持った一族に人間界では手に入らない布を織らせ、これまで誰も身に纏《まと》ったことがないほど美しいドレスにしなければ。ああ、もちろんセリーヌはどんなドレスでも誰よりも美しく輝いているから、僕の手で君を着飾りたいという僕の自己満足になってしまうが」

「……ほどほどにしてくださいね」

浮かれたルシアンがやりすぎないか少しだけ心配だが、まあ大丈夫だろう。

一か月後、ルシアンが望んだ通り人間界にて夜会が開かれることとなった。セリーヌはルシアンとともにシャルルとメリムを連れて開催の数日前から人間界に入り、第一王子が手配した離宮の一つに滞在している。

そして当日。メリムに準備を整えてもらったセリーヌを前に、ルシアンは感激していた。

「ああ、セリーヌ……なんて綺麗《きれい》なんだ」

「ありがとうございます。ルシアン様もとっても素敵です」

お互いに見惚《みと》れ合い、幸せな空気が流れる。シャルルとメリムも一緒に夜会に出席することになっており、二人の着飾っている姿も美しく煌《きら》びやかだ。魔族は美形が多いが、その中でもシャルルやメリムは際立っている。もちろん、ルシアンが一番だと思っているが。

「セリーヌ」

ルシアンは柔らかくセリーヌの手を握る。

「夜会の前に、君と一緒に行きたい場所があるんだ」

「……？」

そういえば、早い時間から準備を始めるのだなとは思っていた。まだ夜会まではかなり時間がある。

「転移の魔法を使うから、少しだけ目を閉じていてくれるか」

「分かりました」

繋がれた手から温かな魔力が流れ込み、体が包み込まれていく。儀式が終わり、セリーヌの体にルシアンの魔力が馴染《なじ》んだ後は、こうしてルシアンの魔法に触れるたびにまるで心地よいお湯につかっているような気持ち良さを感じるようになっていた。

それに浸《ひた》っていると、鼻先に花の香りを感じた。

（あれ、この香りは……）

セリーヌがハッとすると同時に声がかけられる。

「もう目を開けてもいいよ」

「ここは……！」

目を開けると、セリーヌは城や街を一望できるような小高い丘の上に立っていた。

側《そば》には色とりどりの薔薇《ばら》に囲まれた墓石がある。

セリーヌの実の両親のお墓だった。

驚いているセリーヌの隣にルシアンが立ち、支えるように、寄り添うように肩を抱く。

「一番挨拶をしなくてはいけないのは君の愛する両親だからな。それに、これほど美しい姿を他の人間たちより早く見せたかった」

「ルシアン様……ありがとうございます……！」

涙ぐむセリーヌの前に、どこからか花束を取り出すルシアン。

「さあ、これを。君が魔界で咲かせてくれた薔薇でビグが花束を作ってくれたんだ。自分もセリーヌのために何かしたいと言ってくれたからね」

「まあ、ビグが」

普通の大きさのじょうろを指でつまむビグ。この花束を作るのにどれほど頑張ってくれたことか。

薔薇は、母の好きな花だった。まだ両親が生きていた幼い頃、アレスター伯爵家の庭は色とりどりの薔薇で溢《あふ》れていた。花束を見てセリーヌは笑みを零《こぼ》す。人間界では咲かない色のものまで入れてくれている。天国にいる両親もきっと驚いて、そして喜ぶだろう。

墓石の前に跪《ひざまず》き、祈りをささげ、心の中で話しかける。

（お父様、お母様。二人がいなくなって辛《つら》いことも多かったけれど、ルシアン様のおかげで今の私は幸せです）

「セリーヌ、こっちへ」

ルシアンに差し出された手を取り、立ち上がると、なぜかルシアンはセリーヌの首元を飾るネックレスをそっと外した。そして寂しくなったそこにそっと指先を触れる。

「君の最愛の人達に誓いたいんだ」

「何を……？」

ルシアンはセリーヌの目を覗《のぞ》き込み、甘く微笑むと、温かな声で囁《ささや》く。

「セリーヌの隣で、一生君を幸せにし続けると誓おう」

言葉とともに、触れた指先から魔力が流れ込む。淡い光が灯《とも》り、それが首元を撫《な》でるように形作られていく。瞬《まばた》きの間にどんな宝石よりも輝く美しい石が出現し、それを繋《つな》ぐネックレスがセリーヌの首を飾っていた。石はルシアンの瞳の色に煌めいている。

「すごい、綺麗……」

あまりの美しさに、セリーヌは思わず感嘆の声を漏らした。

「僕の魔力のみで作り上げた魔石だ。魔石は魔力そのものが具現化したもの。魔力は血や肉と同じ、体を作り上げるものだ。つまりこのネックレスは僕自身でもある。……愛《いと》しいセリーヌ、僕はいつでも君の側に」

「こんな……こんな幸せばかりもらって、どうしよう……」

「セリーヌ、君を愛しているよ」

「ルシアン様、私もあなたを愛しています」

言葉を彩るように、風が優しく花びらを運ぶ。

ルシアンの胸に飛び込み、強く抱きしめられながら、セリーヌは両親が祝いの言葉を送ってくれているような気がした。

◆◇◆◇

予定通りに夜会の開催を迎えた今日。魔王ルシアンとセリーヌに並び、ともに入場をするために扉の前に控えているのは第一王子リドルである。

リドルは密かにため息をついた。

(思った以上に愛が重いようだな……)

人間界に改めて挨拶をしたいので夜会を開くように。そう魔界から依頼があった時には驚いた。

交易の準備を進め、国同士の関わりを持っていこうとしているとはいえ、魔族の方が強く、立場が上であることは変わらない。それもあり、まさか魔王直々の人間界への訪問がこれほど早く叶《かな》うとは思っていなかったのだ。人間側が魔族から贈られた品を『魔族を殺せる品』だと勘違いし、攻撃しようとしたことを思えば、事実これは異例のことだろう。

だから、正直なところリドルは警戒していたのだ。

夜会で王族や貴族を一所《ひとところ》に集め、殺すつもりなのではないか。

今までとは違う形をとるだけで、やはり生贄やそれに相当する何かを要求するのではないか。

自分たち人間を許したのも聖女であるセリーヌ・アレスター嬢を手に入れることが目的であり、目的を果たした今、やはり人間界を侵略するつもりなのではないか。

他にも、いくらでも最悪の想像はできた。そのどれかが当たっていたとして、抵抗する術《すべ》もない。どう転ぶにしろ身をゆだねるしかない状況に、リドルは心身ともに疲弊していくほどのストレスを感じていた。

しかし、どうだろうか。目の前の魔王は傍《かたわ》らのセリーヌに甘い視線を送るのに夢中で、そもそも人間など眼中にないように見える。

彼女の胸元に輝いているのは宝石だろうか？　王族としてあらゆる高価な宝石を目にしてきたはずだが、あれほどのものを目にしたことはない。というより魔王の瞳と同じ色である。あの宝石がどれほど貴重かをはかる術を持たずとも、それが魔王の重いほどの独占欲の表れだということはすぐに分かった。

（これからこの二人とともに会場に入るのか……少し、いや、かなり気まずいな）

まさか、セリーヌ嬢が辛い目にあった報復に来たわけではないだろうな。そんなことを思いながらリドルは胃を痛めていた。

その後、夜会中に商売を営む勇気ある貴族の一人がセリーヌのネックレスに目を留め、「ぜひその宝石も人間界に卸《おろ》していただけないでしょうか!?」と聞き、その石の正体が宝石などと到底比べることのできない特別なものであるということを知り、さらにリドルの胃を痛めることとなった。

そしてリドルや、魔王の思惑を邪推していた者たちは気づいたのだった。

魔王は人間に害をなすつもりは一切なく、ただ自分がいかにセリーヌを愛し、大事にしているのかを見せつけるためだけに夜会を開かせたのだと。

（なるほど、聖女セリーヌだけが魔王の弱点なのだろうな……）

こうして、セリーヌは魔王ルシアンが唯一敵《かな》わない相手――すなわちある意味で天敵であるということは、あっという間に人間界でも周知の事実となるのだった。


～ＦＩＮ～

あとがき

はじめまして、星見うさぎと申します。

この度は『魔王様に溺愛されていますが、私の正体はあなたの天敵【聖女】です！』をお手に取ってくださりありがとうございます！

本作は、第2回アイリス異世界ファンタジー大賞にて銀賞をいただいた作品で、私のコンテスト初受賞作でもあり、個人的に少しチャレンジした部分もあるとても思い入れのあるお話です。

大好きでずっと憧れだったレーベルで本作を刊行できたこと、本当に嬉しく思っています。

私は、ヒロインちゃんのことが好きすぎて様子がおかしくなってしまう、愛が激重なヒーローが大好きです。

ルシアンも、身近な面々の前ではくだけたところがあるものの、本来ならとても有能で落ち着いた人物のはずですが、セリーヌへの恋心によっていい感じに様子がおかしくなっています。

もしもヒロインちゃんと出会わなかった場合の世界線のヒーローを想像するのが大好きなのですが、ルシアンはきっと見た目通りに少し冷たく、感情の起伏が乏しい男になっていたに違いありません。幼く、まだ純粋だった頃にセリーヌに出会っているため、セリーヌの存在がルシアンの人格形成に大きく影響を及ぼしたことになりますね。そうなると、セリーヌはもはや生まれた時点で人間界を救ったようなものです。

他にも、聖女ヒロインも大好きで何作か聖女がヒロインのお話を書いていたり、魔王ヒーローもすごく好きですし、爆美女（メリム）と美少年（シャルル）もとっても好きで、その二人をちょっとセットっぽくする贅沢もしましたし、すれ違いや勘違いも大好きで……と、本作は本当に私の好きなものを詰め込みまくったお話になっています。

ちなみに、本作で個人的に勝手に裏テーマにしていたのは、「人は見かけじゃ分からない」です。ルシアン、メリム、シャルル、フレデリカ、ビグの魔族たちは、皆見た目と中身のギャップがあるキャラたちです。

誠実そうだったクラウドは自分本位な行動でセリーヌを失い、セリーヌ自身もルシアンたちと関わる中で意外な自分を見つけていきます。

そんな大好きを詰め込んだキャラたちを、あのねノネ先生がとんでもなく素敵に描いてくださいました！

本当に本当にラフを拝見したときからずっと興奮しっぱなしで、早く皆様に見てほしい！　とわくわくしていました。

ルシアンは麗しいしセリーヌは可愛すぎる……！　表紙の雰囲気とセリーヌの表情も最高で、思わず心臓をおさえました。

全キャラ最高に魅力的に描いていただいたのですが、私が個人的に一番好きなのはメリムです。ば、爆美女だ……！　背も高く妖艶で蠱惑的でありながら表情が可愛い！　メリムのイメージそのものなのに私の想像の何億倍も素敵なメリムにめちゃくちゃ目が引かれます。シャルルも捨てがたいな……と思いながらこの文章を書いていたのですが、全員素敵すぎて改めて誰が一番タイプかを迷い始めると一生悩めそうなのでここまでにしておきます。皆さんは誰が一番好きか、機会があればぜひ聞かせていただきたいです。

あのねノネ先生のイラストはこれまでも拝見させていただいていて、めちゃくちゃ可愛くて素敵！　とずっとファンだったので、今回担当していただけて、キャラたちに魅力を吹き込んでいただいて、本当に感激です。

最後になりますが、素敵なイラストを描いてくださったあのねノネ先生、担当編集様、刊行にご尽力いただいた関係者の方々、そしてこの本を読んでくださった読者の皆様に心より感謝申し上げます。

本当にありがとうございました！

また、お会いできる機会がありますように。

星見うさぎ

魔《ま》王《おう》様《さま》に溺《でき》愛《あい》されていますが、私《わたし》の正《しょう》体《たい》はあなたの天《てん》敵《てき》【聖《せい》女《じょ》】です！

2025年4月5日　初版発行

初出……「魔王様に溺愛されていますが、私の正体はあなたの天敵【聖女】です！」
小説投稿サイト「小説家になろう」で掲載

著者　星見うさぎ

イラスト　あのねノネ

発行者　野内雅宏

発行所　株式会社一迅社
〒160-0022 東京都新宿区新宿3-1-13 京王新宿追分ビル5F
電話　03-5312-7432（編集）
電話　03-5312-6150（販売）
発売元：株式会社講談社（講談社・一迅社）

印刷所・製本　大日本印刷株式会社
ＤＴＰ　株式会社三協美術

装幀　前川絵莉子（next door design）

ISBN978-4-7580-9716-1

Printed in JAPAN

おたよりの宛て先
〒160-0022 東京都新宿区新宿3-1-13 京王新宿追分ビル5F
株式会社一迅社　ノベル編集部
星見《ほしみ》うさぎ 先生・あのねノネ 先生